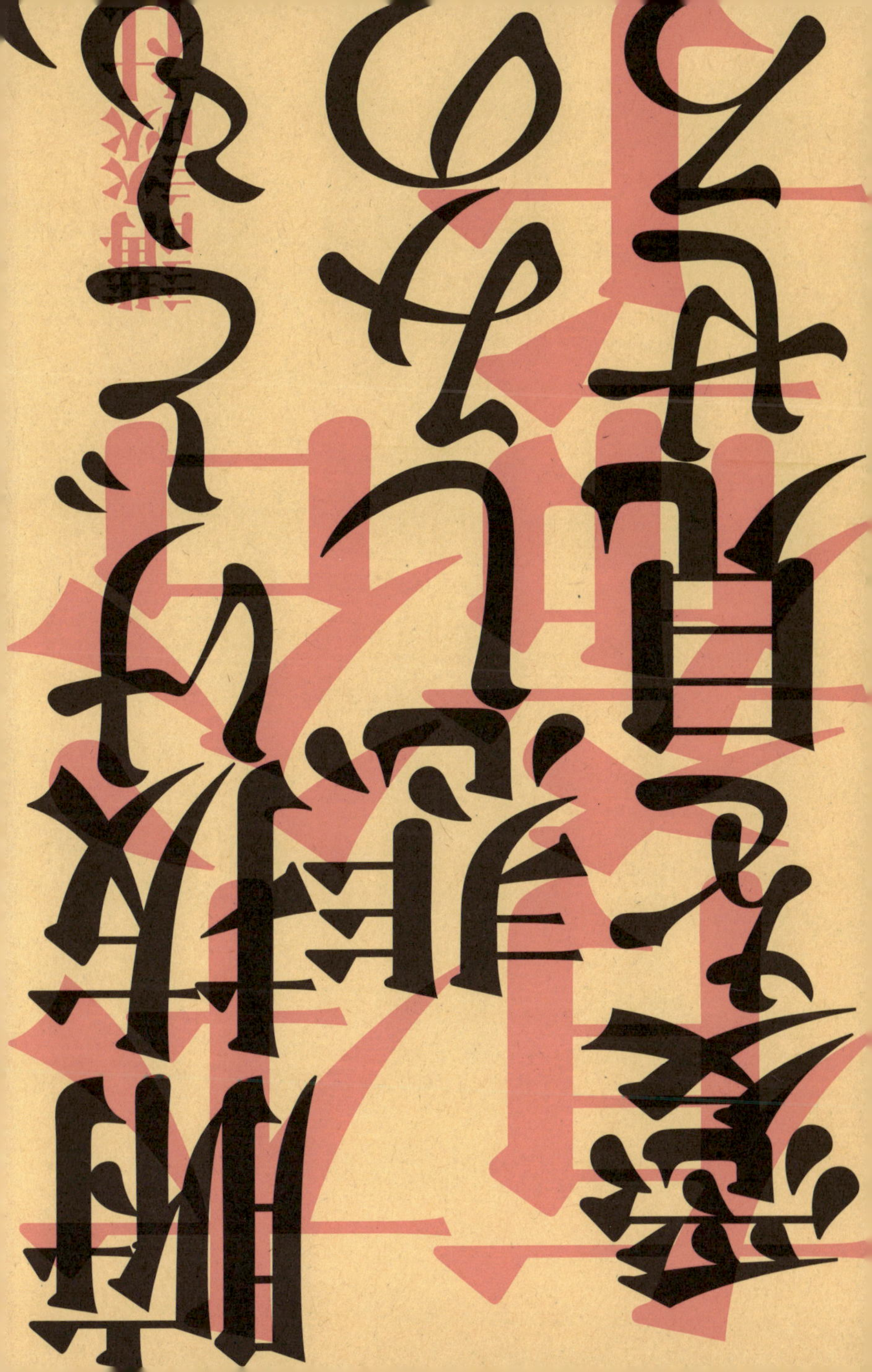

腑抜けども、悲しみの愛を見せろ

1

閉め切られた襖《ふすま》の向こうから聞こえて来るのは、あからさまに手の抜かれた坊主の読経だ。くわえて機械的なリズムを惰性で刻む木魚と、思い出したようなタイミングで入り込むぼんやりした鉦《かね》の音。ほのかに漂う線香に混ざり、長い廊下を隔てたこの居間にまでそれらの気配が薄く届いている。

今年の猛暑の前では、ほぼ無力に等しい旧型扇風機を占領した次女の清深《きよみ》は、先刻から生身の人間であることを放棄してみせるかのようにうずくまったまま、ぴくりともその体を動かそうとしなかった。もう誰も思い出せないほど昔からこの家で活動する扇風機の生温い送風を受け、彼女の短い黒髪、制服のスカートの裾だけがもがく生き物と化し、バタバタとはためいては逃亡の意志を見せている。

十畳ほどの居間には彼女以外に誰の姿もなかった。太陽の陽射しを存分に受けて広がる石庭の躍動的な、開放的な雰囲気を尻目に、室内で他に目立つ動きをしているものと言えば、柱にかけられた古時計の一部、単調に揺れる振り子ぐらいだ。それ以外は手動でしかチャンネルを変えられない四本脚テレビにしろ、白いひっかき傷にまみれたちゃぶ台にしろ、桐ダンスの上に飾られた日本人形にしろじっと沈黙を守り、ここが田舎であるという力強い主張に徹していた。

うずくまった少女はそれらと違和感なく同化し、依然として微動だにしない。抱えた膝に顔を深くうずめ込み、呼吸をしているかすら定かではない。スカートに押し付けられた眼鏡のレンズが少女のまぶたに直に触れ、その分だけ耳辺りのツルが浮いてしまっていた。まるで体が分解してしまうことを拒むように両肘に回された十本の指。それらが薄い産毛の生え揃う腕の肉へしっかりと食い込み、彼女の主張らしきものを垣間見せていた。

一枚の襖が遠慮がちに開き、廊下に立ちこめていた線香の香りが我先にと争いながら室内へと流れ込んだ。それを追うようにして黒いワンピースに身を包んだ女が、ストッキングで覆われた足裏を畳に滑らせ静かに入室して来る。まぶたを腫らし、鼻下を痛々しいほど擦《す》り切れさせた兄嫁の待子《まちこ》は、笑顔と呼ぶにはあまりに不確定な、見るものに様々なニュアンスを想起させる表情で少女の背後へと近付いた。

「きよちゃん?」

ふさぎ込む少女の姿を見かね、待子はやや場違いではないかと思われる、おどけた声を発した。

「きーよちゃん！」

幼児をあやすような、どこかおかしなイントネーションで少女の名を繰り返してから、待子は今の呼び方が一度目よりも更におどけてしまっていることに気付いた。しかし、清深が伏せた顔を上げる様子は一向にない。

「き〜よちゃ〜ん！」

なんとか場をなごませようと黒目を中央に寄せ、仰々しく道化てみせた待子は、少女に何もかもをなかったことにする無言の時間を与えられ、ゆっくりと面白おかしく演出した表情を元に戻さなければならなかった。重く沈んでいた居間の空気はいつの間にかうっすら冷え切ったものへと変質している。二人の間を淡々と通り抜けていく坊主の読経を耳にしながら、待子は垂れそうになった鼻水を顔全体でズッと大きくすすり上げた。

「……ここ、座ってもいい？」

質問することでなんらかの言葉を発してもらえるやも、というかすかな期待はもろくもくじかれ、待子はちゃぶ台の脇に敷かれている弾力のない座布団の上に正座した。手入れの行き届いていない太い眉をハの字に下げたその顔は、化粧気のないことも手伝って三十一歳だというのにどこか幼く野暮ったい。よく言えばふくよか、悪く言えばずんぐりとした典型的な日本人体型を持つ、いかにも垢抜けない印象の待子は、いくつかの思考の断片を飛び交わせた末、ようやく後ろ手に持っていた菓子折のことを思い出した。先程の失態を払拭しようと、満面の笑みで合わせた両手がうるさいほどの音を立てる。

「そうだ！　きよちゃん、昨日からずっと何も食べてないからお腹空いたでしょう？　ほらいいもの持ってきたのよ、お饅頭《まんじゅう》。思春期だもの。甘いもの好きよね？　アンコ好きよね？」

かなりの偏見を押し付けつつ待子は歳に似つかわしくない可愛らしい仕草で、二つの饅頭が折り詰めになった小箱をちゃぶ台の上へと置いた。ふたのシールに短い爪を何度も立てるも剝がすことができず、最終的には紙を無造作に破いてふたを開ける。

「やだ、見て！　葬式饅頭だからって中身は白と黒のお饅頭じゃないんだわ！　知ってた？　おめでたい時は紅白なのに、気がきかないわよねぇ。饅頭を白と黒にするくらいの発想がどうして浮かばないのかしら。なんだ、普通。こんなんじゃ全然面白くないわよねぇ」

「……お葬式だから」

か細い返答が扇風機の羽音にかき消されそうになりながら、待子の耳に届いた。気付けば膝と融合するのではないかと思われた少女の顔面がいつの間にか自分へとしっかり向けられている。言葉がみつからず、清深の印象の約八割を占めてしまっているベッコウ柄の眼鏡を見返していると、その下の血色の悪い唇が腹話術の人形じみた動きでパカッと二つに割れた。全体のバランスからすればやや大ぶりと思われる前歯が少しだけのぞく。

「……お葬式だから。お饅頭は、面白くなくて、いいです」

言いにくそうに、しかし苛立ちを匂わせた物言いに、待子はようやく自分の気遣いが空回っていたことを察した。

「やだ！　あの、誤解しないでね。普段はちゃんと気の遣える女なの。本当よ？　こういう状況じゃなければちゃんと……」

せわしなく弁明する待子の目にみるみると大粒の涙が膨らんだ。すでに水分でずっしりと重くなったハンカチを慌てて取り出し目頭に当て、「ごめんねごめんね」と鼻声で謝る義姉を心なしか冷めた目で一瞥《いちべつ》した清深は、その顔を再び両膝の谷間へと格納した。うつむくことによって短い黒髪に覆われていたうなじがあらわになる。簡単にへし折れてしまいそうなほど華奢《きゃしゃ》な少女の首回りを目にした待子は、小さく息を吐いた拍子に張りつめていたものが緩んでしまったらしく、鼻水をぬぐっていたハンカチを脱力した様子で膝元へ下ろした。いくらか肩も下げたつもりだったが、ワンピースの内側から縫い付けられた屈強な肩パッドによって、その変化はほとんど見受けられない。

「……きよちゃん。辛いのも分かるけど、頑張って乗り越えなきゃ。きよちゃんがそんなだと、お義父様もお義母様も安心して天国に行けないもの。死んでも死に切れないわよ、そんなんじゃ。ね、とりあえず一緒に向こうの部屋に戻らない？　急に飛び出して来たから、きっとみんな心配してるわよ」

優しく少女の肩に置こうとしていた手を、待子はそこでふいに止め、開け放された縁側の窓の外に視線を移した。

「……猫だわ」

間の抜けた表情で、見たままを口にする。

庭先には石をも溶かしそうな強い陽射しの中を白とも茶とも判断つかない猫が勝手知ったる様子で歩いていた。亡くなった先代が大事に育てていた梅の盆栽の辺りを気怠そうにうろついている。耳に鉤裂《かぎざ》きのような切り込みを入れ、目の周りに大量の目ヤニを付着させ、片足を引きずった猫。都会と違い、家の中で飼い馴らすという習慣がないため、ここらの猫達の多くはしょっちゅうケンカをしては半死と呼んでも差し支えないほどぼろぼろの体で村中を往来しているのである。その姿はまるで墓場からつい今しがた甦り、増殖を繰り返す生ける屍《しかばね》にも見えた。

「ほら、葬式饅頭お食べ」

縁側にしゃがみ込み、持っていた饅頭を千切っては地面へと放っていた待子は、いつの間にか自分の傍らで佇《たたず》んでいるショートカットの少女に気付き、顔を上げた。

「どうしたの？　きよちゃん」

セーラー服を着ていなければ中近東諸国辺りの少年にも間違われそうな風貌。表情に覇気がないせいで、いつも以上にその横顔からは栄養失調めいた印象を受ける。ルーズさの入り込む余地もない靴下から伸びる足は潤いに欠け、枝のように細く浅黒い。この肌色は元からなのか、日焼けしたものなのか。この家へ嫁いでまだ一ヵ月と経たない待子にはどちらとも判断つかなかった。

「駄目……」

固く結ばれていたはずの清深の口から、擦れた声がもれた。

「駄目？　駄目って何が？」

待子の問いには答えず、清深は松の下で腹を向けて転がる小動物の肢体に温度のない視線を向ける。

「………」

つられて同じように猫を見下ろしていた待子だったが、ややあって「あ」と小さく声を上げると、慌てて伸ばした右手で障子の桟《さん》をつかみ、胸元へと寄せた。頬を思いきり打ったような高く鋭い音がし、海へ流れ込む川に見立てた石庭の風景は白濁色の障子紙に覆われる。縁側に吊るしていた風鈴の情緒ない音色がせわしなく響いた。

「ごめんね、きよちゃん！　今、どうにかして追い払ってあげるから！」

清深は何も言わず、ただ固い表情を鉄仮面のように顔面へ貼付け、見えるはずのない障子の先をじっと凝視し続けている。焦った待子は閉めたばかりの障子をすかさず開け、石段の上に並べられていたサンダルに足を突っ込みながら、自分の無神経さを今更ながら痛烈に悔やんだ。よりによって猫を可愛がってしまうなんて。間が悪いにも程がある。

指で窄《すぼ》めたホースの先を猫に構えて蛇口をひねる際、いけないと知りつつも待子は少女にあからさまな同情の眼差しを投げてしまった。半分開いた障子の奥に、先程と変わらぬ体勢で庭を見下ろす清深の姿がある。半身を影に覆われ、小さな手をきつく握り締め、この世の楽しいこととは一切無縁だといわんばかりの、暗く、重く、陰鬱な佇まい。

だが、それも仕方のないことだった。目頭に再び涙が滲《にじ》んでくるのを感じながら、待子はホースから勢いよく飛び出した生温い水を、ふてぶてしく寝そべる猫に向け、発射した。今、まさに向こうの仏壇で遺影を飾っている人物達。和合《わごう》家当主であった曾太郎《そうたろう》と妻の加津子《かつこ》のむごたらしい死の一部始終を、十七歳の清深は眼の前で目撃してしまったのだから。

義父母二人の死因を待子は警察から「車との衝突による大量出血及び内臓破裂及び全身骨折及び脳挫傷」だと聞かされた。正確には他にもいくつかの致命傷を受けていたのだが、何しろダンプとの派手な接触事故だったため、前輪に巻き込まれた二人の遺体はどれがどちらの肉片なのかすら判別に困難を極めたらしい。

事故は、山から伸びる細い川とそれに沿って耕された田畑とひっそり点在する家屋で構成されている赤戸前《あかどまえ》の村中に、よほどの衝撃を走らせた。

通報を受け、まずその場に駆け付けた顔見知りの交番巡査を筆頭に、無惨な現場を見た誰もが嘔吐感に耐えながら一様に首をひねったという。

辺りの地理的状況を正方形の四コマ漫画に見立てるならば、右上の一コマ目にプチトマトを栽培しているビニールハウス、右下の二コマ目に潰れた接骨院の立て看板、左上の三コマ目が軽トラックを放置させている近隣住民の敷地で、四コマ目が民家を囲うブロック塀、という構図になる。

和合夫妻がトラックにひかれた交差点はその四つのコマを十字に切った中心部とも言うべき位置だった。これだけを聞かされればさほど不審ではない。しかし重要な点は、そこが村にあるすべての道と同一にまるで交通量のある通りではなかったこと。視界をさえぎる建物が絶無な、見通しのよくきく十字路であったこと。更にこれが一番、村人達の引っ掛かるところであったのだが、被害者である和合加津子は類い稀《たぐいまれ》なる思慮深さと聡明さを持ち合わせていると近所でも評判の人物であり、前後の確認を怠って事故に巻き込まれるような不注意を犯すとは到底考えられなかったのだ。

事故を知った村の誰もが、子供のように言い出したら聞かない頑固な曾太郎と、代わりにいつも頭を下げ回っていた奥ゆかしい夫人の姿を脳裏に思い浮かべた。二人を轢《ひ》いた長距離トラック運転手の「ブレーキを踏む暇もなく急に飛び出して来た」という証言から、村人達の見解は、酔って公道へ走り出した夫を庇おうと妻まで巻き込まれてしまった事件だとして一致した。そして「強情な旦那の面倒をいつも甲斐甲斐しく……」「一人目の奥さんは愛想をつかせて出て行っちまったのに」「報われなくて可哀相になあ、加津子さん」などと口々に後妻だった加津子への同情を囁き合っていたその時、和合家の次女、清深が現場にふらりと現れたのだった。

セーラー服を泥だらけにし、皮膚に青あざを作り、乱れた髪に草や蜘蛛の巣を付けた清深は巡査に歩み寄ると、人々の視線が集まる中でおもむろに口を開いた。

「……うちのお母さんは、お父さんは、轢かれそうになっていた猫を助けようとして道路に飛び出しました。とっさにお母さんを庇おうとして、一緒に轢かれました」

黒い瞳は巡査の背後で慌ただしく検証される事故現場をじっと見据えたまま、「その場にいたから、間違いありません」と清深はほとんど唇を動かさぬ喋り方で証言した。

しかし何故、事故現場をそれまで離れていたのかについては、いくら問いただしても少女の閉ざされた口が開かれることはなかったのだった。

そういう経緯であったから、清深の前で猫を可愛がることは何よりも控えるべきだったのである。彼女は猫を自分から両親を奪った殺人者であり、一生許すことのできない存在だと思っていたに違いなかった。

ホースで庭に水をまき、どうにか野良猫を山へ追いやった待子は乱れた呼吸を整え、部屋の中で仁王立ちする少女の顔色を恐る恐るうかがった。目の奥にまだどす黒い炎の残り火をくすぶらせてはいるものの、その勢いはとりあえず鎮火に向かっているように見える。

待子は平べったいサンダルの踵《かかと》を鳴らして縁側へと戻りながら、荒んだ義妹を元気づけたい一心で大袈裟なほど明るく笑顔を作った。

「ねえ、でもきよちゃん！　こんな言い方したらおかしいかもしれないけど、お陰で離ればなれだった兄妹が三人揃うんだもの。またすぐ賑やかになるわよ、大丈夫。お姉さん……澄伽《すみか》さん、だっけ？　東京で女優さんしてた人なのよねぇ。すごいわぁ」

若い娘のようにはしゃぐ待子の言葉に、清深の眉がぴくりと反応を示した。

「待子さん。それ、本当……？」

「あら、宍道《しんじ》さんから聞いてない？」

そういえば何度尋ねてもその妹についてあまり詳しく教えてくれなかった夫の様子を思い出しながら、待子は頷いた。「そうよ、今日帰っていらっしゃるって。良かったわね、きよちゃん。お姉さんが戻れば寂しくないわよ、きっと」

「…………」

「きよちゃん？」

額に汗を浮かべ、歯を小さく鳴らす少女の姿にようやく待子が異変を感じ取った時、清深の体の震えは既に痙攣《けいれん》と呼んでも差し支えないまでに激しくなりつつあった。

「やだ！　ちょっと大丈夫？」

身を崩しかけた清深を慌てて両手で支え、待子は叫んだ。しかし、その声も耳に入らぬほど手足を痺れさせる清深の、塗られたように赤い顔色を見れば、酸素が肺まで到達していないことは素人目にも明らかだった。吹き出た汗が待子の手にまで伝い落ちる。過呼吸だわ——今日びの高校生にしてはかなり未発育な体を畳の上に寝かせながら、待子は大声で仏間にいるはずの夫の名を呼んだ。

「お前、なんか変なこと言ったんじゃねえだろうな」

緩い天然パーマのかかった頭を深々と下げる待子に礼服の上着を渡しながら、宍道は腹立たしげな手付きでネクタイを緩めた。もともと強面な男であるため、そのように苛立ちをあらわにするとうかつに近寄り難いほどの迫力が出る。坊主頭に薄い無精髭《ぶしょうひげ》という見た目も、粗野な印象をよりわかりやすくしていた。

「こいつにショック与えるなってあれほど注意しておいたろうが」

「すみません……。さっきのって喘息の発作だったんですね」

待子は再び頭を上げ、中に薬品が入っているというL字型の吸入器を口にくわえ深呼吸する清深の姿に目をやった。五分前まで鼻と口にあてがわれていたスーパーの袋は結び目を作って丸められ、少女の膝元に置かれている。頬にへばりつく髪が一段と清深を憔悴した表情に見せているものの、どうにか痙攣も治まり、顔色も大分落ち着きを取り戻しているようだった。

「ほら、水だぞ」

宍道が差し出したグラスの水を受け取った清深は、目をつむりそれを一気に口の中へと流し込んだ。宍道が慣れた手付きで優しく背中をさするのに合わせ、喉のわずかな隆起を何度か上げ下げし、やがて大きく息を吐くと申し訳なさそうに兄を見上げた。

「お兄ちゃん、ごめんね。もう……大丈夫だから」

「気を付けろよ。辛いのは分かるけど、あんまり深く考え込むな」

宍道は立ち上がりついでに空になったグラスをスッと妹の手から抜き取った。

「薬はまだあるのか？」

「うん、大丈夫……」

「なくなる前にちゃんと言えよ。発作が起きてからじゃ遅いからな」

「分かった」

頷く妹の頭を、宍道はぶっきらぼうな手付きでポンポンと軽く叩いた。乱雑な仕草ではあったが、彼なりに気落ちした妹を元気づけようと思い遣っていることは傍目にも明らかだった。あれほど頑なに閉ざされていた清深の態度も、宍道が来たことで随分とやわらいでいる。そんな兄妹の様子を離れたところで窺《うかが》っていた待子は、自分と二人の間を真横に走る畳縁の濃紺を曇った表情で見下ろしていた。

「ああー。ったく喪主なんて二度とやりたくねえなあ。大体なんだ、篠井《しのい》ちえ子のやつは。お袋達の記念碑つくらせろってうるせぇうるせぇ。猫好きもあそこまで行けば完全に病気だな」

新妻の感じている疎外感など興味の片隅にもないように、宍道は自分の額に盛り上がった長さ五センチほどのグロテスクな傷跡をいつもの癖で触りながら愚痴った。

「記念碑も何も。猫、自力で逃げたじゃねえか」

自嘲気味に乾いた笑い声を上げる。その目の奥が少しも笑っていないことを感じつつ、待子は畳に腰を落ち着けた夫に後ろからおずおずと口を挟んだ。

「宍道さん。あの、そろそろ向こうに戻った方が……」

「いいんだよ。挨拶は大体済ませてきた」

ぞんざいな口調で答え、宍道は疲れ切った様子でシャツの首元のボタンを外した。

「でも……」

「そんなに言うなら、お前が行って来りゃいいだろ。うるせえな」

右手を仏間の方へなぎ払う夫に、何も返す言葉が見つからず、待子はスカートに皺《しわ》がないかを確認して立ち上がった。

「おい、その前にビール持って来いよ」

従順に頷いて居間を出る。

廊下を軋《きし》ませながら仏間の方を覗くと、最初に比べ大分弛緩《しかん》した空気がもれ出しているようだった。このぶんなら朝早く起きて通夜ぶるまいにと準備した大量の酒と食事は、ほぼ村人達の胃袋に収められているだろう。村のしきたりとして彼らはこのまま役場へと移動し、夜中まで酒盛りを続けると聞かされている。本来なら夜を通して行なわれるはずの通夜が、こんな昼間から開始されるのもそれを逆算しての慣例だった。娯楽も何もない田舎の人間はとかく宴が好きなのだ。村一番の頑固者だった曾太郎の死に対しての悲しみは彼らからそれほど見受けられない。控えめだった加津子に対する同情心はあるようだが、それでも目的がすでに酒盛りとなっていることは誰の目にも明らかだった。義父と義母が哀れに思え、待子はまたしても涙と鼻水で顔を盛大に濡らさなければならなかった。

「ちょっと……。あなた、ここの人?」

泣きじゃくりながら台所で宍道に仰せつかったビールを用意している待子の背後で、通りのいい、聞き覚えのない女の声がした。

くわえていた煙草を口から落としかけた宍道は、思い出したように片手を上げた。

「お帰り。早かったんだな、随分」

「乗継ぎが馬鹿みたいにスムーズにいっちゃったのよ」

陽射しを避けるためのツバの広い帽子を外しながら、待子が居間まで案内して来た女は宍道の戸惑いなど意に介することなく苛立った口調で答えた。

「こんなとこ、二度と帰って来たくなかったんだけど」

畳の上へ無造作に置かれたボストンバッグが立てた大きな音に反応して、それまで魂が抜かれたように呆然と女を見つめていた清深が過剰なすばやさで膝を抱え込んだ。興奮したのか、今さっき安定させたばかりの呼吸が再び乱れ出している。

「あの……、澄伽さん、ですよね？」

四年振りになる家族の再会にしてはどこか固い空気を感じつつも、待子はビールを載せた盆をちゃぶ台へ置くと、自分より頭一つ分は背の高い、女のスラリとした後ろ姿に声を掛けた。東京で暮らしているだけあって村人達より遥かに洗練された雰囲気を放つ女がゆっくりとこちらを振り返り、魅力的とも威圧的とも思える笑顔で頷く。

「ええ。長女の澄伽です。はじめまして。あなたが待子さん？」

澄伽は故人の冥福を祈るにはあまりにも場違いだと思われる、目も覚めるほど鮮やかな朱色のワンピースを着ていた。胸元が大人っぽく開いた、柄はないが高価なものと分かる、大胆で繊細なラインのワンピース。そこには気合いというか主張というか、とにかく女優然としたオーラが前面に押し出されており、有無を言わせぬ迫力があった。

妹の清深も華奢ではあったが、彼女に比べればその未発育な体は貧相と表現し直さざるを得ない。同様に、決して不具合のない清深の、どちらかと言えば可愛らしい顔立ちでさえ「同じ姉妹なのに」と嘆息してしまわずにはいられないほど、澄伽の器量の良さには目を奪われるものがあった。ましてや今現在、面と向かい合っているのは、ひと昔も前にバーゲンで買った礼服を着用し、肩を必要以上に盛り上がらせた野暮ったい女である。自動的とも言える流れで、澄伽のシャープな美しさとみずみずしい華やかさはますます際立つようであった。

「はい、待子です。よろしくお願いします……」

差し出された手をおずおずと握り返した待子の姿形を、澄伽は悪意の介入する余地さえない堂々とした眼差しで眺め回し、形のいい唇の両端を満足げに持ち上げた。

「へぇ。可愛い人ね、お兄ちゃん」

宍道は目を伏せたまま何も答えない。澄伽は「結婚したばかりなのにこんなことがあって大変でしょう。分からないことがあったら何でも聞いてちょうだいね。お兄ちゃんのことならあたしが一番よく知ってるから」と握手していた待子の手に優しく自分の白い左手を重ね置いた。外から来たばかりだと言うのに、ひんやりしたその手の温度に待子は訳も分からず「さすが」と感心した。人差し指には小ぶりなパールのあしらわれた指輪が光っている。結婚指輪すら貰っていない待子はその滑らかな指の感触にどぎまぎしながらも、澄伽の第一印象ほどとっつきにくそうではない人柄を知ってほっと安堵の息を吐いた。自分の指の付け根辺りに生え育っている毛の量に恥ずかしさを覚えつつ、笑顔を作る。

「そう言ってもらえると心強いです。私、器用じゃないからいつも宍道さんに迷惑ばかりかけちゃって」

「あら。自分だって不器用な癖にすぐ怒るでしょう？　昔からそうなのよ、お兄ちゃんは」

加津子の連れ子としてこの家に入った宍道と、さも産まれた時から兄妹であるかのような口ぶりで、澄伽はようやく呪縛していた待子の手を解放した。あぐらをかいたまま、手元の煙草に火も点けず指でいじり続けていた宍道は、何か言いたげな表情で女二人を見上げたが、すぐにまた顔をちゃぶ台へと戻した。

背筋の伸びた立ち姿で仏間から聞こえる村人達のざわめきに耳を傾けていた澄伽は、やがて丹念にマスカラでまつげをカールさせた目を部屋の隅に向けると、扇風機の横で小さくうずくまっている清深にゆっくりと歩み寄った。

「久し振り、清深」

妹を見下ろし、澄伽は薄く笑った。それに対してすばやく上目で姉を確認した清深は、どこか固い動きで首を縦に振ってみせるだけだった。

「落ち込んでるの？」

澄伽の口調は宍道や待子に対するものよりもずっと優しかったが、清深の引き締められた口が開かれることはなかった。膝を更に抱え込み、目だけを居間の隅々にせわしなく動かしながら、唾を飲み込んでいる。

「それとも……落ち込んだふり？」

澄伽の言葉に、清深は強張った顔を反射的に上げた。

「だって、漫画にするには最高のネタでしょ？」

声のボリュームをかすかに上げ、澄伽は微笑した。隙のない表情が彼女を完璧な絵画のように見せている。反対に何かが壊れていく様を連想させるほどに狼狽した清深は、首から下げた吸入器を左手できつく握りしめ、姉から目をそらした。ニキビ跡の残る額には汗が幾粒も滲み、先を競い合って顎先へと垂れ出している。

「そうだ。あたし、清深にお土産買ってきたのよ」

突然明るい調子でそう言った澄伽は、先程自分が襖付近に置いたボストンバッグの傍らへと戻って、嬉しげに畳に膝を突いた。他の三人が黙って見守る中、音を立ててジッパーを引き、一番上に置かれていたらしい細かな英字の印刷された青いビニール製の袋を取り出す。

「わざわざ東京で探して来たんだから」。澄伽は清深の方へと向かいながら、シールで封をされていた袋の口を開け、中に手を入れた。

「ほら、かわいいでしょ？」

自慢げに引き抜かれた澄伽の細い手には、長さ三十センチほどの茶色い小動物の体が無造作に握り締められていた。

「かわいいでしょ、猫のぬいぐるみ。高かったんだから大事にしてね、清深」

ニャンニャーンと鳴き声を真似する澄伽によって操られた本物そっくりな猫の人形は、血の気の失われた清深の顔付近へと元気にじゃれついた。冗談というにはいささか強過ぎる勢いだったが、きつく下唇を噛《か》みしめ畳に視線を落とした清深は、身を任せ、されるがままになっていた。目元に向かって集中的に猫が突進したせいで、眼鏡のフレームと人形の鼻の部分とがぶつかり合い、カチカチと小さな音を立てる。衝撃で右耳から外れた眼鏡を顔前で斜めにぶら下げる少女の姿は、悲哀を通り越して滑稽ですらあった。

「あの、澄伽さん。折角のお土産なんですけど、きよちゃん、いま猫はちょっと……」

見兼ねた待子が遠慮がちに、一体どう事情を説明したものかと困惑しながらそう声を掛けるのを、「待子さん、私は大丈夫だから」とずれた眼鏡を直した清深は制した。

「でも、きよちゃん……」

「いいの。大丈夫」

それ以上、待子に口を挟む余地も与えず、清深はほとんど奪い取るに近い形で顔に押し付けられていたぬいぐるみを自分の胸へ引きよせた。抱き締めるというよりは抱き潰すといった方が的確であろう力加減によって、猫のぬいぐるみは顔面を苦しげに変形させる。

「お土産、ありがとう……お姉ちゃん」

「いいのよ、全然」

澄伽は妹を見下ろし、優しく微笑んでみせた。

「あの……私、もう一度、お父さんとお母さんにお焼香、してきます」

バランスを失って崩れる直前の遊具を思わせる危うげな動作で立ち上がり、清深は三人に小さく頭を下げた。猫のぬいぐるみをきつく抱きすくめたまま、スカートの後ろ部分が大きく折れ曲がっていることに気付きもせず、覚束ない足取りで廊下へと出て行く。精気の一切感じられない弱々しい少女の後ろ姿が音もなく角を曲がり、一同の視界から消えた。

口元の笑みを消し、見えなくなってからもしばらく清深の去った方向をじっと黙視していた澄伽は、素早い身のこなしでボストンバッグを拾い上げると、自分もさっさと廊下の方へと移動し出した。流れるような歩き方に合わせて、ワンピースの裾が小気味よいリズムを刻んで揺れる。

「おい、澄伽。どこ行くんだ」

「疲れたから少し寝るのよ。あたしの部屋、そのままにしてあるわよね?」

「ああ。けどお前、先に親父達の焼香くらい……」

宍道が言い終わるのを待たず、襖は眼前で勢い良く閉められた。

「………」

宙に浮いた途中で所在をなくした宍道の右手は、決まり悪そうにちゃぶ台の上の煙草を拾い上げた。シャツの胸ポケットからライターを取り出すと、切れ長な一重の目をほぼ閉じる寸前まで細め、くわえた煙草に火を近づける。やがて頭上へ白い煙を溜息とともに長々と吐き出し切った宍道は、左手で目頭を強く揉んだ。

「……もしかして、あの二人って何かあったんですか？」

「何がだ」

栓の開いたビールをだるそうに手酌し、宍道は端的に答えた。グラスの半分まで注がれた琥珀色の液体が細かな泡を上昇させていく。

「……だって、なんだか雰囲気が……」

「お前。さっきみたいなこともう止めろよ」

酌に間に合わなかった手を引っ込めようとしていた待子は言われた意味が理解できず、「へ？」といかにも知能の低そうな間抜け面を夫に晒《さら》した。「さっきみたいなことって？」

「……あいつらの間に入るような真似だよ」

これ以上は喋らせるなとでも言わんばかりに宍道は煙草を挟んだ手でグラスを口へ運び、

ビールを喉に流し込んだ。

「でも……。あの、きよちゃん、お義父さんとお義母さんの事故のこと本当にショックだったみたいだし……澄伽さん猫のこと知らなかったみたいだから仕方ないですけど、でもやっぱりあんな人形とかはまだちょっと……」

「お前が入ると余計ややこしくなるんだよ！」

グラスがちゃぶ台の上に強く置かれ、衝撃に耐えられなかったビールの数滴が容器の縁を飛び越えて周辺を濡らした。驚いた待子はこぼれたビールと夫を交互に見やり、もたもたとティッシュを箱から抜き取った。小さく舌打ちした宍道は横を向き、渋い顔で煙を口からくゆらせている。

「……やっぱり、あの二人って何かあったんですか？」

机の上をせっせと拭きながら訊ねた後、夫から舌打ちを追加で頂戴した待子は慌てて正座した膝の上に手を置き、黙らなければならなかった。濡れたティッシュを思わず握ってしまったため滴ったビールがスカートに染み込んでいく。

少ししてそろそろと顔を上げると、宍道は煙草をくわえたまま黙って庭を眺めていた。猫を追い払うため待子が大量に撒いた水も今はすっかり乾き切ってしまっている。おもむろに腕を伸ばし、ガラス製の灰皿を手元に引き寄せた宍道は、灰を叩き落とす自分の骨ばった人差し指を見下ろしながらぼそりと口を開いた。「……とにかくお前は俺達家族のことに口出しするな」

ぬるくなったビールを大きくあおってグラスを空にすると、宍道はまだ充分に長い煙草を灰皿に押しつけ、億劫そうに立ち上がった。膝の関節が小さく鳴る。潰れた煙草の箱とライターを拾い上げ、廊下へと向かう夫の靴下の裏にぼんやりと目を奪われながら、待子は「私は家族じゃないんですか」という喉まで出かかった言葉を呑み込んで、その後ろ姿を見送った。

襖を開け、夫が出ていく。

入れ違いに村人達のざわめきが居間へと流れ込んで来た。

2

「元気でやってたの?」

いかにも自分がいい男であると勘違いしていそうな青年は、ナルシスト特有の自信たっぷりなオーラを惜しむことなく放出し、そのほんの八畳もないと思われるカビ臭い写真屋の店内を驚くほど息苦しい空間へと変質させていた。

文具屋に寄ったついでに使い捨てカメラのフィルムを現像しに来た澄伽は、その店員のあまりにも馴れ馴れしい態度に無視を決め込んだが、女が自分を拒否するはずがないと思い込んでいるらしいエプロン姿の青年はカウンターという遮蔽物をものともせず、澄伽へのアピールを続行した。

「覚えてないわけないよな、俺のこと」

意外にも知り合いのようだった。てっきり田舎にありがちの、やたら親しげなマンツーマン接客だとばかり思っていたのだが。考えてみればこんな狭い村で見知らぬ人間など存在するはずもない。店内の壁に飾られた、日光の下でソフトクリームを舐《な》めるさほどかわいいとも思えない幼女の写真に目をそらしていた澄伽はサングラスを外し、それまで気にもしなかった青年の顔に改めて注目した。

「俺だよ、俺」

先祖を延々さかのぼっていくと、ゆくゆくは齧歯《げっし》類に行き着きそうな風貌をした男である。確かに長身で細みの体型からかもし出されるニュアンスが、なんとなく恰好いいのではないかと一瞬錯覚させるものの、二秒見れば充分な造作。田舎にしては気のきいた髪型でぎりぎり維持されているレベルの、他にあまり若い男がいないという特殊な環境の中でしか通用しない程度の男だった。

「……深町《ふかまち》君？」

四年近くブランクのある記憶をまさぐりながら、澄伽は自分の運の悪さを呪わずにはいられなかった。よりによってまさかこの男に出くわすとは。見ただけで嫌悪感を催すニヤついたその男は、澄伽が村で一番会いたくなかった人物と言っても良かった。

「俺、ここでバイトしてんだよ。農作業とか向いてないからさ。まあ、形だけ」

「そうなの」

澄伽は手首の腕時計にそれとなく目を落とすと、やや急いだ仕草《しぐさ》を装い勘定受けに料金を支払った。そのまま出て行きたかったが、小銭がなく千円札を出してしまったため、深町が明らかに遅く打つレジの前で、澄伽は時間を持て余さなければならなかった。

「急いでるの？」

「ちょっとね」

サングラスを再び掛け直し、短く答える。

「しばらくこっち？」

「……すぐ東京に戻るわ」

「完璧に標準語だね」

「そうね」

レジ前に貼ってある『純正フジカラープリント　特急23分仕上げ！』という手書きのポップに目をやりながら、澄伽は気のない返事をした。

「今夜飲まない？」

「用事があるから」

視線を壁際の商品棚へ移す。『使い捨てカメラ24枚撮り８８０円！』

「明日は？」

「用事があるわ」

『A５サイズ木製フォトフレーム１５００円！』

「ああそう」

深町は女の無下な態度など気にも留めていないらしかった。挑発的な笑みを口元にたたえたまま、品定めするかのようにねっとりとした視線を澄伽の体に絡ませてくる。

「はい、お釣り」

深町が三枚の小銭とレシートを直接渡そうとして来たため、澄伽は黙って青色の勘定受けを男の手元へと滑らせた。目の奥を密かに輝かせた深町は舌舐《したな》めずりでもしそうな表情でこちらを窺《うかが》いながら、釣銭を置いた受け皿をうやうやしく戻して来た。意識していることを気取られぬよう澄伽はなるべくゆっくりとした手付きで小銭をつまみ財布の中へしまうと、レシートを残したまま踵を返した。受け皿の底に敷かれた無数のゴムの先端に刺された指先にかゆみを覚える。

ドアの取っ手に手を掛けた時、男の馴れ馴れしい声が背後に飛んだ。「また、お金に困ったら相談してよ」
澄伽は何も答えず重いガラス戸を押し、すべての主導権を太陽に乗っ取られた外へと踏み出した。途端にサングラス越しでも分かるほどの容赦ない光が視界に飛び込む。露出した腕や足はもちろん、頭皮にまで熱が集中し出している。チリチリと皮膚に焦げるような軽い刺激を覚え、澄伽は東京では見たこともないジュースを並べる自動販売機の脇へ急いで駆け込んだ。乾いた泥があちこちにこびり付いた機械の陰で、肘までの手袋を嵌《は》め、白い日傘を開く。刺繍されたピンクの花が大胆に咲いているその日傘を差して顔をあげると、そそくさと帽子を被り直している向かいの八百屋の店主と、顔をそらす客らしき主婦の一人が見えた。

深町といい、こいつらといい。

胸にむかつきを覚えたものの、今更どうこう責め立てる気にもなれなかった。今更。そう、すでに澄伽はこの十数軒ほどの店から形成される寂れた商店街に至るまでの間に、出会う村人達全員からぶしつけな視線をさんざ浴び続けてきたのだった。

日傘、手袋、サングラス、白いサマードレスに十三センチも身長を高くするピンヒール。全身UVケアを施した、澄伽の完璧なまでに完璧な女優スタイルが、この辺鄙《へんぴ》な土地で浮き過ぎていたせいもあるだろう。だが、彼らの視線は女子供のものと男達が向けてくるものとで微妙に質が異なりはすれど、下品な好奇心に満ちている、という点においてはみごとに一致するものだったのである。

胸くそ悪い。

青い稲が伸びる水田に挟まれた、なるべく人目につかぬ道を歩きながら、澄伽はもう何十回思ったともしれない感想を心の中で毒づいた。田んぼから上がって来た拳ほどの蛙を踏みそうになり、苛立ちは更に増した。

やはり久し振りだからと言って、うかつに外など出るべきではなかったのだ。

吹き出る汗にハンカチを当て、澄伽は遅まきながら激しい後悔の念を覚えた。四年も前の話などとっくに時効だと思ったが、田舎者の刺激に対する貪欲さを甘くみていた。変化に飢えた彼らは澄伽が昔起こした騒ぎの余韻をできるだけ長く反芻していたいのだ。東京であれば三日も経たぬ内に誰の関心も引かなくなっただろう他愛無い騒ぎをいつまでも執念深く。

速めていた足を止め、澄伽は故郷の景色を見渡した。

周囲を四方とも山に囲まれているため、田舎だというのにまったく解放されている気分がしない。ふもとの平地を取り合うようにして密集している水田や古い家屋。あぶれた者は山の傾斜にまで石段を敷き、家を建て、猫の額ほどの畑を幾つも階段のように作って暮らしている。細々と慎ましい生活などというイメージは微塵もなく、澄伽には浅ましい人間が狭い土地を貪っているという印象しか抱けなかった。

それに今はまだ太陽によってごまかされているものの、夕暮れともなれば、どこからともなくにじみ出るわびしさや貧乏臭さが辺り一面に漂い始める。腐りかけた木の電柱。雨風にさらされ絵も文字も剝げ落ちてしまった何かの看板。脚の曲がっているバス停の標識、鎖に繋がれた毛並みの逆立った雑種犬。その足元に転がる飯粒のこびり付いたアルミのボウル。それらが一斉に夕日を浴び、哀れさをかもし出す光景はみすぼらしいこと極まりなかった。

そして何より疎ましくて仕方がないのは、この村のよどんだ空気だ。老人が多いせいだろうか。村中に蔓延する異常に粘着質な仲間意識、外界を遮断する閉鎖感がどこに行ってもつきまとうのだ。

とっくの昔に賞味期限の切れた飲食物を売っていそうな駄菓子屋の前で、懐かしい肌色の公衆電話を発見し、澄伽は立ち止まった。喉の渇きを感じたが、薄暗い店内に足を踏み入れる気にはなれず、外から様子を眺めるだけに留めた。

軒先には白地に赤と青のラインが入った横長の業務用冷凍庫が置かれており、霜で一回りも二回りも狭くなった庫内には、やはり霜でパッケージの字も読み取れないほどガチガチに固まったアイスが申し訳程度に重なり合っていた。なんとなくの色味から「あずき」と「ガリガリ君ソーダ味」「チョコモナカジャンボ」の三種だけらしいと澄伽は推測し、「チョコモナカジャンボ」はもしかしたら「チョコジャンボモナカ」という品名だったかもしれない、とどうでもいいことに眉根を寄せた。

アイスの冷凍庫の上には幾つかの玩具が、切込の入った厚紙に実った果実のように吊るされている。注視すると、それはアメリカンクラッカーだったり、爆竹だったり、リリアンだったりと、今時こんなもので本当に子供が遊ぶのかと首をひねりたくなるような時代遅れの品物ばかりだった。

澄伽はなんとなくその玩具の実る厚紙から一つを手に取り、透明のビニールで簡易包装されただけのいかにもちゃちな作りの小型ナイフを外してみた。一目見ただけで接合の甘いプラスチックと分かる黒い柄。アルミホイルでも巻いてあるかのように安っぽく光る薄い刃。厚紙に印刷された「引っ込むナイフ」の文字を読み、これが正式名称なのか、とまたしてもどうでもいいことに感心とも呆れともつかぬ納得をした。そのままの名前のくせに二百円と意外に高い。

店内からこちらをチラチラとうかがっている太った店主に気付き、澄伽は玩具を元の切込に戻すと、公衆電話の方へ移動した。バッグに手袋をしまって財布を探り、持っていた十円玉すべてを投入口に滑り込ませる。携帯電話の三倍は重いと思われるずっしりとした受話器を持ち上げ、今どき穴に指を引っ掛けて回すという原始的な作業を十一回繰り返した後、数回鳴った呼び出し音はやがて野太い男の声に繋がった。

『もしもし？』

「もしもし田嶋《たじま》さん？　あたし、澄伽だけど」

『おお。誰かと思った。公衆電話？』

「圏外なのよ」

この村へ来てから完全に目覚まし時計と成り果てている携帯を思い出し、澄伽は田舎への嫌悪をますます強めた。

「ねえ、今って稽古中？」

『いや、ちょうど休憩入ったとこ。……葬式、終わったの？』

「もうとっくにね」

『……ああそう』

やや持て余し気味に電話の向こうで男は呟いた。その間もストックしておいた十円玉は次々と音を立てて機械の中へ飲み込まれていく。コインの投入口辺りに伸びる、小銭の縁で引っ掻かれたらしき幾つもの傷を指でなぞりながら、澄伽は早口で用件を述べた。

「ただ、いろいろ上手くいかなくてね。まあ、主にお金の話なんだけど。まだ片付いてないから、予定してたより長くこっちにいることになりそうなのよ。大丈夫？」

『あ、いや、劇団のことはもう気にすんなよ』

「なんでよ。大変でしょ？　ずっと代役じゃ」

『いや、なんていうか』

言いにくそうに男は間を置いてぼそりと告げた。『だってお前このまま田舎、帰るんだろ?』

「何なの、それ」

たちの悪い冗談に澄伽の語気が鋭く尖った。「あたし、少し落ち着いたらすぐ戻るってちゃんと説明したわよね?」

『ああー、そう、だっけ……』

男はいかにも困り果てた様子で空恍《そらとぼ》けた。

「何。田嶋さん、ふざけてるの?」

『……いや、うん。ていうか』電話の向こうでまたしても、今度は先程より長く男が言い淀んだ。休憩をしているのだろう劇団員達の談笑の声がかすかに聞こえる。脇に誰かいるらしく、男は小声で『分かってるよ』と言い返すと、『お前さ、これを機に退団、ってことでいいんじゃないか?』と唐突に切り出した。

「…………」

言葉の出ない澄伽の代わりに、心苦しい沈黙を埋めようと男は続けた。『俺から誘っておいて本当に悪いんだけど。でも、お前入れてから他の劇団員からバンバン苦情くるようになってさ。雰囲気もすごい悪いし……いや、なんていうか本当にごめん。でも、お前はほら、顔いいからさ、他所《よそ》でも何とかなるよ、きっと』

「何よ、それ」

『ごめん。とにかく今日付けで退団ってことにさせてもらうわ。ノルマの金も払わなくていいから』

澄伽の返事を待たずして、回線は切断された。どこにも繋がらないツーツーという音だけが鼓膜を占領している。訳も分からぬまま受話器をフックへと戻した澄伽は、取出口に落ちてきた小銭を取り出すという行為にすら思い至らず、駄菓子屋の壁に立て掛けていた日傘をほぼ無意識につかんだ。側《そば》に来て聞き耳を立てていた巨体の店主を避けるように陽射しの下へゆっくりと歩き出す。先程の蛙ぐらいなら簡単に貫けそうなピンヒールの尖った踵が、踏み出すたびに鋪装されてない地面に埋まり、足首に負担をかけた。ずるずると引きずられた傘の先が、澄伽の後に一筋の浅い溝を作る。

「…………」

男との会話を改めて反芻すると、めまいを覚えるほどの怒りが胸の内に込み上げてきた。落ち着こうと息を吸っても頬がひくつくばかりで上手くいかない。足元が崩れていくような錯覚に囚われた澄伽はいつの間にか膝が痛くなるまで地面を思いきり踏み付け、なんとか直立するだけのバランスを保っていた。

誘われたから入ってやってたのに。

傘の柄を握り締めた手に力がこもり、長く伸ばしている爪が自身の皮膚に奥深く食い込んだ。その痛みを合図に血の巡り過ぎた澄伽の頭から思考の波が一気に噴出した。

あの男がどうしてもと懇願したから入ってやった恩も忘れて。やっぱり。やっぱりあいつはあたしの価値も分からないようなクズだった。あいつはしょせん生きていても仕方のない男だった。クズはクズ同士で楽しくやればいい。どうせお前らはそのゴミみたいな劇団でずっと。バイトしながら三十歳になってもフリーターでずっと。ノルマで知り合い呼んで。客席全員ノルマで埋めて。死ぬほどどうしようもない、自己満足の思い出作りをずっと。あたしは最初から辞めるつもりだった。タイミングを逃していただけで。もともとあんな低レベルな役者の中にはいられなかった。没することができるような存在の女優じゃなかった。あたしは浮いたから辞めさせられた。一人だけ才能があったから妬まれた。あたしはあいつらとは違う人間。唯一無二の女優。東京に戻ったらもっとレベルの高いところを探せばいい。今度こそ質の高い人間に自分の繊細な演技の良さを見抜いてもらうのだ。馬鹿な素人とは二度と関わりになるべきじゃない。奴らは見る目がなさすぎる。

肩からゆっくりと力を抜いた澄伽は、大きく息を吸った。手の皮膚にはくっきりと爪跡が残り赤くなっていたが、もう頬はひくつかなかった。

頭上から降り注ぐ太陽の熱に日傘を差していなかったことを思い出し、慌てて開いた。刺繍の花が白地に広がる。それを頭上にかざすと、澄伽は肩に掛けていたハンドバッグを探り、中から一通の手紙を取り出した。ざらついた手触りが落ち着いた印象を醸し出す、淡いブルーの封筒。「和合澄伽様」。表には少し右上がりのボールペン字で実家の住所の横にそう記されており、裏には同じ筆跡で東京都世田谷区の住所と「小森哲生《こもりてつお》」という名前が書かれていた。

まさか本当に文通することになるなんて。

澄伽はその手紙を眺めながら、改めて自分の強運を噛《か》みしめた。いや、強運などという曖昧な言葉で片付けてしまうには、その出会いはあまりにも意味がありすぎた。ここへ戻って来たその日のうちに暇を埋める手はないものかと、なんとなくめくっていた情報誌へ「文通相手募集」の葉書を出してみたのはただの気まぐれだったが、今にして考えれば最初から決定づけられていた運命による行動という解釈の方が自然に思えた。

興奮して封筒を持つ指に力が入っていることに気付き、慌てて指を浮かす。裏表とも皺が付いてないことを確認し安心した澄伽は速めていた歩調を戻すと、汚してしまわないうちに封筒をバッグの中にしまい込んだ。ついでにさっき文具屋で買った赤いレターセットにも目を走らせる。もっと他の種類もあったのだが、地味で年寄り臭いか派手でガキ臭いかのどちらかだったため長い間悩んだ末、澄伽はこの真っ赤な無地のレターセットを購入することに決めたのだった。仕方ない。田舎の文具屋ではせいぜいこんなものだろう。それに、もしかしたらインパクトは強い方がいいということもあり得る。なにせ文通の相手は映画監督なのだ。映画監督。その肩書きの響きを口の中で小さく転がしてみると、顔の筋肉が少しだけほころんだ。

文通相手募集のコーナーを見て、反応を返して来た人間は三人だけだった。これが多いのか少ないのかは判断つかないが、相手が小学五年生の女の子と四十一歳の独身男だと分かった時、最後の一通に対する期待など微塵も残っていなかった。文面にはやや右上がりの文字で「自分は映画を作っている人間なのだが、今度の仕事で『文通する男女』という設定でシナリオを書かねばならないため、その参考に応募した」という内容が、律儀さを感じさせる文体で書きつづられていた。六つ歳上、二十八歳の映画監督。澄伽が他の二人の手紙をそのままゴミ箱行きにしたことは言うまでもない。

この手紙が、家へ届いたのが昨日。そして今日、澄伽はまともに機能しているのか疑いたくなるほどしょぼくれた郵便局で八十円切手を三十枚まとめて買い、文具屋でレターセットを選び、同封するための写真を現像しに出掛けたのだった。

「……‥?」

ふと、何かの気配を感じ顔をあげると、そこは村の一番西に位置する辺りだった。進路を変えず、ここから先へと進むには獣道も存在しない山中に入っていかなければならない。目的もなく歩くうち、いつの間にか村外れにまで辿り着いてしまったらしかった。

今まで通って来た、田んぼの間を真っ直ぐ伸びる人一人分ほどの畦道は、山沿いを縁取るようにして緩やかな曲線を描く公道に吸収されてしまっている。公道と言ってもガードレールがあるわけでもアスファルトなどで鋪装されているわけでもなく、道幅以外の違いと言えば、両端の他に、中央にもセンターラインの代わりを気取って雑草が生えているところぐらいだった。泥っぽい畦道よりもヒールが安定し歩きやすかったが、すり切れ、かさついた白い地面は転べばよほど痛そうだ。

背後を、先程と同じ気配が再び横切る。

今度は警戒していたせいもあり、その動きを振り向きざまに目で捉えることのできた澄伽は、やや拍子抜けした表情で足元を見下ろした。

短い手足としっぽ以外は、風船のように胴体の膨らんだ猫だった。目を半分閉じたままの無愛想な顔付きは少し兄に似ていなくもない。重そうな体をちょこちょことした足付きで運び澄伽を追い越した猫は、カーブのため気付かなかった道の先の民家へと入っていった。くすんだえんじ色の屋根をしたその家は道を挟んで山と向かい合い、高い木に守られ人目から逃れるように佇んでいた。よく見れば、くすんでいるのは屋根だけではない。白い壁も全体的にどこか薄汚れ、まるで住人のわびしい生活感が外にまでにじみ出ているようだった。

猫を追って家の前まで辿り着いた澄伽が玄関に視線を向けると、そこには先程の猫とは異なる三匹の猫が寄り添うようにして陣取り丸まっていた。扉前に敷かれたコンクリートがひんやりして心地いいのだろう。扉の右下にあるCDケースほどの小さな潜り扉が、つい今しがた使用された余韻を残し、ギィギィと揺れている。手作りらしき表札には「篠井ちえ子」とやたら丸まった字が刻まれていた。

玄関から入ってすぐ右にあるらしい部屋は白いレースのカーテンに覆われ中がうかがえないものの、出窓の下にはまたしても二匹の猫が寝そべっていた。ガラス越しだが、灰色と茶色の二匹がキティちゃんのぬいぐるみを枕にくつろいでいるのが分かる。人形といいカーテンといいファンシーなものが黒ずんでいる様子は、居住者の意図とは裏腹に家のすさんだ印象を不気味に際立たせていた。

二階の窓際には、買い置きしたのか大量のティッシュ箱が積まれ、その上に乗った黒猫が物言いたげな黄色い瞳で澄伽をじっと見下ろしていた。それらすべての猫の首には共通して、両端がV字にカットされた紫色のリボンがクッキーの袋を締めるかのごとくちょこんと結ばれている。

「こらこら、君達ドアの前に寝ちゃ駄目って言ってるでしょ」

何年前のクリスマスからそのままになっているのか、すっかり枯れた手製のリースらしきものの飾られた玄関扉がわずかに開き、隙間から甲高くしゃがれた女の声がした。猫達が微動だにしないため、扉は彼らごと押し出す形でゆっくりと開き始めた。猫達がズズ、とコンクリートの上を徐々にスライドしていく。四十五度ほど開いた時、扉と壁の間を擦り抜けるようにして痩せぎすの女が「もう君達は困ったちゃんなんだから」と呟いて現れた。
歳の頃は四十代後半、もしくは五十代前半。継母の加津子と同じくらいだろうか。かなり大きめのTシャツに、ピッチリした足首までのスパッツをはき、額には顔を洗う時に使うようなヘアバンドを巻いている。Tシャツには「INU」という文字がプリントされているらしかったが、彼女が胸に一匹の白猫を抱いていたためその下の絵柄までは不明だった。ここまで猫を飼っておいて何故「INU」なのかという疑問を澄伽は抱かずにいられなかった。

女は家の前に日傘を差した人間が立っていることに気付いたらしく、わずかに目を丸くした。痩せ過ぎて皺が目立つ、鶏ガラのような顔。眉毛と眉毛の間から大きく飛び出した一つのイボが彼女の物悲しさと滑稽さを絶妙なバランスで維持しており、猫を異常なまでに可愛がるようになった今に至るまでのドラマを見る者に想起させた。

「こんにちは」

女は、筋張った手で白猫の頭をせわしなく撫でながら挨拶してきた。その手の甲には無数の引っ掻き傷が走っている。

「こんにちは」

家の前に立ち止まっていた以上、さすがに無視するわけにもいかず、澄伽も簡単に挨拶を交した。

「あの……何か御用？」

「いえ、たまたま通りかかっただけです」

「そう……」

いかにも気の弱そうな女はどこかほっとしたような表情で頷いたが、すぐに目だけをあちこちに動かし、唇をいくつかの形にしかけた後、結局「あの、じゃあ……」と頭を下げて扉の隙間にそそくさと体を滑り込ませた。白猫を両手でしっかりと抱え込んでいる。飼い始めたばかりなのだろうか。その猫だけが他の猫達よりも新しい紫色の首輪をしていた。

なんとなく扉が閉まり切るまで見届けた澄伽は、足元にじゃれついて来た猫の一匹を直に触らないようヒールの裏で押し退け、山に沿って元来た道を戻った。数分ほど歩いたところでえんじ色の屋根の家を取り巻いていた生々しい獣の臭いから解放された気がして、ようやく小さく息を吐く。

足に鈍い疲れを感じ、家に帰ると兄夫婦が居間で西瓜を食べていた。

まず塩を振り掛けていた宍道が、居間に入って来ようとしない澄伽に気付き、手を止めた。塩を次に借りようとしていたらしい待子は、動かなくなった夫の視線の先を不思議そうに辿った末、澄伽を発見した。気のせいか、夫婦は二人ともどことなく似た顔付きをしている。

「お帰りなさい。澄伽さんの分も西瓜ありますよ。食べます？」

口の中の西瓜を慌てて片付け立ち上がる待子に目もくれず、澄伽は塩を持ち上げたままの宍道をじっと睨み付け、無言で夫婦に背中を向けた。

「あら、いらないんですか？　西瓜」

のんきな待子の声を聞きながら階段を軋ませ二階へ上がると、澄伽は自室の扉を叩き付けるように思いきり閉め、強い苛立ちを兄に示してみせた。

3

誰かが蛇口を最後まで回しきらなかったのか、先程から水滴が定期的な間隔で流し台を叩いては排水口へと流れ込んでいく。

壁に掛けられた時計は深夜の二時を回っている。まとわりつくような熱気に包まれた息苦しい台所で、電気もつけず食器棚の脇に一人佇む人物の影があった。

「……お父さんとお母さんを、返して下さい」

少女は受話器を持った左手とは逆の手で口元を包み込むようにし、押し殺した硬い声を喉の奥からしぼり出した。目はじっと円形に並ぶ0から9までの数字を瞬きもせず捉えている。

相手が泣きながら必死に何かを訴えようとしていたが、構わず黒光りする重い受話器を台座へと戻した。チン、という子供の玩具じみた音が寝静まった屋敷に響く。黒電話を見下ろした恰好のまま、少女は心の中できっかり六十を数えた。六十という数字に特に意味はない。ただそうやって自分を焦らすことでより感情的になれればと目論《もくろ》んでのことだった。数え終わると手を伸ばし再び受話器を持ち上げる。番号はいつの間にか暗記していた。目的の数字が書かれている穴に指を入れ、最後まで回し切り、指をスッと外す。巻き戻る音に耳を澄ます。十個の小さな穴の開いた円盤が回り終え、死んだようにぴたりと止まる。穴が最初と同じくきれいに数字の上に落ち着いたことを確認し、同じ作業を全部で六回繰り返す。じっくりと、なるべく時間を掛けて。やがて回線が繋がり、呼び出し音が耳に流れ込んで来る。……一回。……二回。……三回。……四回。……五回。……六回。……七回。

『……もしもし?』

痰の絡んだようなかすれ声が弱々しく鼓膜に届いた。震えているのか、かすかに息が上がっている。少女は口を開かず、静かに相手の反応を待った。

『もしもし?』

口調が先程より少しだけ強まる。それでも目をつむった少女は何も応えない。

『……お願いだから、もう許して』

女は相当に参っているようだった。今にも消え入りそうな声で涙ながらに懇願してみせる。だが、やはり少女の唇が動く気配はなかった。

『……あの子に悪気はなかったのよ』

受話器を持つ少女の指がぴくりと動いた。感情のぶれを逃すまいと静かに鼻から息を吸い、閉ざしていた口をゆっくりと開ける。口裏に張り付いていた舌がねちゃっと嫌な音を立てて剥がれるのが自分でも分かった。

「……お父さんと、お母さんを、返して下さい」

一字一字を区切るように、抑揚のない声で端的に告げる。そして、相手が何か話し掛けるのも聞かず耳から受話器を離す。チン、と子供の玩具じみた音が寝静まった屋敷に響く。

もう一度、六十を頭から。

気持ちをできるだけ高ぶらせようと憎しみの対象を心の中にはっきりと思い描く。思い描いたらその対象に向かって悲しみと怒りの感情を見失わぬうちに少しずつ大きくしていく。まるでトランプをうずたかく積み上げていくのにも似た繊細さと集中力を必要とする作業だ。

少女は再び目を閉じ、両親がダンプに衝突した瞬間を可能な限り緻密に頭で再現しようと試みた。

ちょうどナンバープレートにぶち当たり、紙でもひねるみたいに簡単にひしゃげた母親の腰。そのまま空中へ弾き飛ばされ、ものすごい勢いで回転しながら弧を描き、頭から道路に激突した母親の体。へし折れた拍子に肉と皮を突き破って飛び出し、肩に深々と刺さった首の骨。関節ではないところを曲げていた母親の手足の、それぞれのあり得ない角度。道路にみるみる広がっていった血液の生臭さ。タイヤに巻き込まれ、ぐしゃぐしゃに砕け散った父親の下半身。押し潰され、裂けた皮膚から絞り出される臓器。タイヤの下で道路にめり込みながら弾けた頭部。ばらまかれる脳漿《のうしょう》。ボトボトと天から降り注いで来た血の雨。ぶち切られた血管の先にくっついていた眼球……。

少女の指先が、軽く震えた。

すかさず受話器を持ち上げ、数字を正確な動作で一つずつ回していく。単調な呼び出し音が鳴り、この気持ちを忘れないうちにという少女の願いが通じたのか今度はきっかり三回目で女が出る。

相手の反応を待たずして少女の口が自然と開いた。「……絶対に、許さないから」

女が息を呑んだのが分かった時には握っていた受話器を下ろしていた。そのまま台座に戻す寸前、電話の向こうから女の『お母さん達の記念碑を……』という声に混じって小さく動物の鳴き声が耳に滑り込んだ。反射的に手が止まる。だが、受話器の重みですでにフックは深く沈んでいた。チン、という子供の玩具じみた音が寝静まった屋敷に響く。

少女は電話中ずっと握りしめていた紫色のリボンを改めて眼鏡の前に高く持ち上げた。夜風などちっとも吹いてこない開いた窓から差し込む微弱な月明かりに向けて、そっとそれを透かしてみる。おぼつかない刺繡糸が、かろうじて名前らしきものを形成している。「ア」「ン」「ナ」「ち」「ゃ」「ん」。古代文明の遺跡から発見されたような文字。

それをパジャマのポケットにしまい込み、しっかりボタンを留めると、少女は一切の音もさせず廊下に続いている台所の出入り口へと向かった。電話台は入り口のすぐ側に設置されているため、ほとんど体の向きを変えるだけで動きは事足りた。下から半分までをピンク、水色、黄色、緑のグラデーション、上から半分は白っぽい材質そのままと色分けされた軽い木の玉で数珠つなぎになっている暖簾《のれん》が派手な音を立てないよう、自然と低い体勢を取る。幾つかの木の玉が髪に擦れ、先端を躍らせた。しかし、その低くした少女の頭が暖簾を潜り切ることはなかった。まさに紙一重のタイミングで、廊下の先に自分以外の人の気配を感知したのだった。

少女は素早い動きで台所の隅へと後退し、一瞬の判断で脚の高い食卓テーブルとそれを囲む六脚の椅子の陰へと身を滑り込ませた。肩が脚に当たってしまい、卓上で瀬戸物の楊枝入れの倒れる音がした。勢いのあまった何本かが床にまで散らばる。構わず潜り込んだテーブルの下には、夕食に出た焼き魚の匂いがまだほのかに残っていた。突いた掌《てのひら》に飯粒の潰れる嫌な感触がある。

テーブルと椅子の脚に視界をさえぎられながら、少女は固唾《かたず》を呑み暖簾を睨んだ。まだ全体がわずかに揺れの余韻を残している。廊下を軋ませ近付いて来る足音に耳を、揺れる暖簾に目をそれぞれ集中させ、少女は激しくなる呼吸を必死で殺した。こめかみから汗がツッ、と垂れていく。

やがてどうにか直前のところで静止した暖簾の前で立ち止まった気配がそれを乱雑にかきわけ、台所に踏み入って来た。先客に気付く様子もなく冷蔵庫を開ける。接着していた面が剝がれ、扉側に収納されていたペットボトル類が音を立てて滑った。内部から頼りなげな黄色い光が辺りを照らし出したが、すでに避難訓練に似た体勢で食卓の下へ潜り込んでいた少女は視界を制限され、人物の腰から上を確認することは難しかった。

冷蔵庫の中から何かを取り出す気配がした。ついでガラス製品がこすれ合う音。液体の注がれる音が、喉をごくごくと鳴らす音に変わる。少女の頭のすぐ上でグラスが乱暴に置かれる衝撃音があり、黄色い灯りをぼんやりと点していた冷蔵庫の内部は再び荒々しく密閉された。光にまぎれ曖昧だった、後ろ姿の女の太ももが薄闇の中で白く浮かび上がる。尻からかかとに掛けての滑らかな皮膚に、少女は目を奪われた。

そのまますらりと伸びた二本の長い脚が出入り口の方へと歩みかけたのを知り、少女はこの上ない安堵を覚えた。深夜の台所へ来た目的は喉を潤すことでどうやら果たされたらしい。だが、まるでその気持ちを読んだかのように、去りかけていたはずの足が途中でなんの前触れもなく動きを止めた。食卓に向いていた踵をゆっくりと後方に反転させる。踵が、十本の爪すべてを赤く装飾した足指に取って代わっていく光景を、少女は為す術もなく鳥肌を立てて傍観するしかなかった。

片方の足が静かに板張りの床を離れ、食卓との距離を縮めた。鉄格子のように伸びる二十八本の木脚に四方を囲まれながら少女はとっさに混乱する。自分がこの場所に守られているのか捕われているのか分からなくなる。

足の運びがそのまま数回続いた時、白い太ももは手の甲を口に強く押し付ける少女の眼前を素通りし、流し台の前へと到達していた。

金属をひねり回す気配と入れ違いに、それまで淡々と続いていた水滴の主張が止む。耳に慣れていたリズムをふいに失う違和感。回る冷蔵庫のモーターと、窓の外で鳴いている虫達の存在を少女は初めて意識した。

「……澄伽」

ふいに低い男の声が少女の心臓を跳ね上がらせた。それは目の前の人物も同じだったらしく、緩んでいた気配を尖らせ、声のした方向を驚いた様子で振り返った。

ジャラ、と乾いた木同士のぶつかる軽い音がし、少女の視界に新たな一対の足が入り込んだ。月明かりの中で映える白い肌とは対照的な、影に溶け込むほどに落ち着いた暗い肌色。短く切り揃えられた爪、力の象徴のような柔らかみのないゴツゴツしたくるぶしが女から距離を保ち、電話台の前で止まった。親指の付け根にサンダル焼けの跡らしきものが確認できたが、光の加減でそう見えるだけかもしれなかった。

「……大丈夫か」

少女の頭上で男の心配げな声が潜められつつ飛んだ。

「何が？」

落ち着きを取り戻した女が、どこか好戦的な口調で静かに問い返す。

「お前、昼間ちょっと様子おかしかったろ。……外でなんかあったのか？」

「ああ、あれ」

あれ、という言葉の響きが鋭さを含んでいた。女は答えをはぐらかしたまま体の向きを流しの方へと戻し、締めたばかりの水道の栓を再び回した。蛇口から無色の細い糸が台に向かって真っ直ぐ伸びる。その糸を人差し指の爪先で壊しながら沈黙を保った後、女はようやく気怠げに口を開いた。「お兄ちゃん、なんでいきなり結婚なんかしたの？」

思い思いにステンレスの中で飛び散る水が月の光に反射してきらめいている。

「……村の奴らがいろいろうるさいからだよ」

男の声が微妙に硬いものへと変化したのが少女にも分かった。

女は水から指を引き抜き蛇口の栓を締め直すと、おもむろに男と向き合った。赤い爪先から滴った幾粒かの水滴が、流しの下に敷かれたマットに染み込んでいく。

「……あたしとの約束、覚えてるわよね」

知らぬ間に止まっていた冷蔵庫が、二人の間で再び低くうなり出した。

「……ああ、大丈夫だ」

女が、じっと男を見つめているらしい時間が流れる。

やがて白く艶めかしい太ももが流し台から離れ、男へと近付いて行った。男のがっしりとしたふくらはぎが引き締まり、固くなる。くびれた腰を寄せ、ほとんど体を密着させる状態まで近付いた女は、男の耳元でゆっくりと唇を動かした。「待子さんとも仲がいいのね」

男の足指に、女の爪先から滴った水滴が垂れる。

女は男から身を離し、背後にあった暖簾《のれん》を片手でかき分けた。ジャラという音とともに少女の視界から白い脚が消失する。残された男は、濡れた足指を食い入るようにじっと見つめているらしかった。

「お兄ちゃん」

廊下から小さく女の声がした。男は「ああ」とほぼ息遣いに近い返事をしながら顔を上げ、床に張り付いていた足裏を緩慢な動作で引き剝がし声の方へ向かわせた。

食卓の下に、少女だけが残される。

大量の汗がパジャマをじっとりと濡らしていた。

4

小森哲生様

暑い日が続いていますが、あいかわらずシナリオ執筆がんばってますか?

うちの居間にあった扇風機は一昨日とうとう完全に壊れてしまいました! クーラーは私の部屋にしかないので必然的にほとんどひきこもり状態です……。うーん、でもクーラーってどうしてこんなに微妙なんでしょうね。二十七度だと暑いけど二十六度まで下げると寒いのは、私の体がデリケートすぎるからでしょうか? 仕方ないのでタオルケットを体に巻き付けるという秘技を編み出して過ごしています。完全に本末転倒です(笑)。

それはそうとこないだの手紙に、小森さんの映画が渋谷のミニシアターで上映される予定だと書いてあったのには驚きました。本当ですか? すごいですね! 私も早くそっちに戻ってお手伝い等(邪魔かも?)したいのですが、まだちょっと今後のメドが立ちそうにありません。

実は……少し困ったことになったのです。

私の兄が、なんだか最近後ろめたそうな顔をしているという話は少し書きましたよね？　あれからもそれがあまりに続くので気になって無理やり理由を問いただしてみたところ、脅え切った口調で「東京のアパートを解約しておいた」と白状されたんです。昨日の夜のことでした。「仕送りができないからもういいだろう」と言われて、あまりにびっくりした私はしばらく声も出ませんでした。兄が極度の心配性で私のことを何とか東京から連れ戻そうとしているのは前から分かっていたことですが、さすがにここまでするなんて思ってもみませんでした。というかそんなことしませんよね、普通！

もし兄が、アパートを解約すればいくらなんでも実家に留まるだろうと考えたのだとすれば、それは浅はかでどうしようもない間違いです。私には田舎で暮らすなんて意志はまったく、本当にまったく（頭の中を開いて見せてあげたいくらい）ないんです！　これも前に書きましたが、私は女優になって「和合澄伽の代わりは誰もいない」と言われるような、唯一無二の存在になることを目標としています。辞めたかった劇団をようやく脱退できたのを機に、東京に戻ったらますます積極的な活動に励もうと心に決めていた矢先でした。田舎に残るなんて冗談じゃありません！　差し当たり、兄には新しい部屋を借りるための支度金を用意するよう交渉中です。兄は（自分でこうなるよう仕向けたのだから当然のこと）出し渋っていますが、部屋を退去しなければならない一ヵ月後までには絶対に用意させてみせます！

と、そういうわけで東京に戻るのはまだ少し先になりそうなんです。兄は私の言うことなら何でも頷いてくれる人だから、今回のこともずっと言い続ければ最終的にはどうにかなると思います。ただ仕送りのこともあるし、すぐという訳にはいかなさそうなのも事実で……。兄が働きに出ている日中、私はほとんど暇になってしまうので小森さんへの手紙を沢山書いてしまうかもしれません。迷惑ですか？　でも出来れば許可して下さい。だってここは本当に何もない、死ぬほど退屈な田舎なんですよ！

小森さんがシナリオの執筆活動に追われて忙しいことは分かってるつもりだし、返事がないと怒って住所に押し掛けたりはしませんからどうぞご安心下さい（笑）。

とりあえず先はまだまだ長いので、今日のぶんはこれで終わりにしておきます。安心しました？

写真もまた送りたいけど（美人だとの評価ありがとうございました、監督！）、現像所にいる男の店員がやたらとしつこいのでどうしようか悩み中です。よかったら小森さんの写真も送って下さいね。楽しみにしてますので。

七月十八日　　和合澄伽

小森さんへ

やった、ついに小森さんの写真が！　ずっと恥ずかしいと言って見せてもらえなかったので、どんな駄目な人なのかと想像してましたが（笑）小森さん、普通にいい感じじゃないですか！　これで彼女がいないなんて嘘でしょう？　念のため確認しておきますが、実は「友達の写真」とかではないですよね？　駄目ですよ、監督ともあろう人がそんな安易なオチなんて。

そういえば、こないだまだ決まらないと言っていたヒロインの候補は思い付きましたか？　折角の大きな企画なんだから、イメージ通りの女優さんが見つかるといいですね。演技力と色気のある美人……。うーん、確かに哲生さんの言う通り、顔がきれいで本当に演技が上手い女優って最近少ないと思います。参考になるかどうか分からないけど、もし煮詰まってるなら、映画方面だけじゃなく舞台中心にやってる女優さんなども探してみたらどうですか？　もしかして意外といい人がいるかもしれませんよ。みんなが見逃してるダイヤの原石が（笑）。

私の方はと言えば、兄がまだ朝の早い時間から仕事へ出掛けていくようになったので、お金の話はほとんど進んでいません。このまま先延ばしにされるようだったら、本気で何か手を打たないと駄目そうです。手……。私が上京できるいいアイディアがあれば教えて下さいね、監督様。

で、その暇を埋めるために高校生の妹を構おうとするのですが、彼女は夏休みに入って生意気にもバイトを始めたらしく、放っておかれた私は一人で時間を持て余しています。畑仕事の休憩に戻ってくる義理の姉とお茶ばかり飲んでいるような気がするのはただの思い過ごしでしょうか？　ああ、でもこの義姉というのがちょっと変わっている人なんですよ。どういうふうに変わってるかと言うと……今日の手紙のネタ、決定ですね（笑）。

実はさっきもお茶を飲みながら、二人で超能力番組の再放送をなんとなく観ていたんですが、その最中いきなり義姉が「澄伽さんは超能力って使えるんですか？」と聞いてきたんです。……念のため、断っておくと彼女は決して冗談を言ってるわけじゃありません。100％本気です。私が「使えるわけないでしょ」と律儀に答えてあげると、彼女はさも不思議そうな顔で「澄伽さんは女優さんを目指してるから、てっきり使えるっておっしゃるかと思ったんですけど……」と言うので、義姉の変わりぶりを知っている私もさすがに驚いてしまいました。小森さんも「女優を目指していたら超能力が使える」の意味、全然分からないでしょう？

でもまあこれには彼女なりに考えがあったようで詳しく話を聞いてみたところ、「女優の夢を諦めないで実現させること」と「スプーン曲げを諦めないで実現させること」は、どうやら義姉の中で似たようなものらしいのです（なんておおざっぱ！）。要するに「夢は努力すればいつか必ず叶う」の究極が、念力だろうと言いたかったんでしょうね。

それが分かった私は、思わず吹き出してしまいました。義姉はきょとんとしていましたが、私の笑いは止まりませんでした。仕方ないでしょう？　だって「夢は諦めなければ叶う」なんてフレーズ、今時小学生だって信じてるかどうか。それなのに義姉は、そんなものを私が本気で信じていると思っていたんです！

当たり前ですが、私が女優を目指しているのは、自分にその実力があると思っているからです。チャンスさえあれば、それをつかみ取る自信があるからです。努力だけで誰でも女優になれるなんてまずあり得ないし（なられたら困るし）、夢が実力のある人間にしか叶えられないことは自明の理でしょう。だから超能力だってその資格のある人間しか使えないのだ、と私は丁寧にも義姉にそう説明してあげました。

とは言え女優になる実力とスプーンを曲げる実力を一緒にされるのは心外ですけどね。だってスプーンが曲がったところで何にもならないでしょう？　義姉は「念力で、壊れた扇風機を回せたらいい」と子供のようなことを言ってましたが、私からすれば新しい扇風機を買う方がよっぽど楽だと思います（テレビの中の超能力者達も小さな物を五センチ浮かせるのにずいぶん辛そうな顔をしてたし、浮いたところで何がどうなるわけでもなかったし）例えば自分が全力で頑張った結果が、扇風機を回すことだとしたら、それってどうなんですかね。少なくとも私にとっては「かぎりなく絶望に近い希望」くらいにしか感じられないかも……。だってリスクに対してリターンが少なすぎる！　つまり念力の価値は、ヤマダ電機の１９８０円の扇風機にも劣りますよ、と（笑）。あれ、夢なさすぎ？

それにしても「超能力使えますか」と大人が本気で聞くなんて、やっぱり義姉の思考回路はどこかズレてるとしか言いようがありません。ついこないだまでライオンが雄で、虎が同じ種類の雌だと思ってた、という話もいよいよ信じざるを得なくなってきました。どうでしょう、小森さん。義姉の人となりについて、少しは分かってもらえました？　でも誤解しないで下さいね。別に毎日こんなくだらない会話ばかりしているわけじゃありませんから！　義姉に相手をしてもらって、芝居の稽古だってちゃんとやってます（でも全然まともに台詞のやりとりが……。台本に書いてある字をただ読むだけなのに、どうしてあんなに間違えられるんだろう？　逆に不思議）。ああ、やっぱり早く東京に戻らないと駄目みたいです。

それでは。

小森さんも夏バテしないよう頑張って下さい！

八月一日

和合澄伽

哲生さんへ

連続記録更新中です！　もうこうなったら自分でも、いつまで休まず手紙を送り続けられるか知りたくなって来ました。この赤いレターセットも実はこれで最後だったんだけど、哲生さんが「気に入っている」とこないだ書いてたので、今また同じものを待子さんに二組！　買って来てもらいました。どうしましょう。私、やる気満々です（笑）。

それで、今日はなんの話を書くかというと。

ご好評いただいている「兄のドメスティックバイオレンスシリーズ」です。これまでも数回にわたり、突如始まった兄の家庭内暴力（待子さん限定）の様子をお届けして参りましたが、本日正午、ついに二人が更なる局面を迎えましたので、興奮冷めやらぬうちにお伝えしたいと思ったのです！　かなり衝撃的な内容ですよ。心して読んで下さいね（臨場感を伝えるため、私もなるべく克明にレポートします）。

今日の昼一時過ぎ、私が自室のベッドの上で目覚めると、階下からドスンドスンと壁が揺れるほどの激しい物音が床を伝わって響いてきていました。物音に混じって時々「オラァ！」だの「コルァ！」だの「ごめんなさい！」だの「もうしません！」とかいう声も聞こえました。でもそれ自体は最近いつものことなので私は特に何も気にせず、用意してあるはずの昼食を食べようと階段を降りて行ったのです。一階に着くと震動は更に大きく、家全体を揺らしていました。近くに他の民家はないけど、まったく近所迷惑な夫婦だな、と思いつつ私は物音の発信源である騒々しい居間にアクビをしながら入っていきました。部屋の中にはひっくり返ったちゃぶ台の向こう側で、仰向けに倒れた義姉の腹の上にまたがり、平手打ちをビビビッと（水木しげるの漫画みたいに！）連打している作業着姿の兄の姿がありました。今日の昼食はどうやらザルソバだったらしく、緑色をした麺がそこら中に飛び散り、畑で取れた野菜のてんぷらやノリや白胡麻やネギが節分で撒かれた豆のようにその上へ振り掛けられ、居間を大変おいしそうに彩っていました。私はソバツユを吸収しブヨブヨに水膨れした畳の上を爪先立ちして歩くと、比較的被害の及んでいない縁側の床板の上に座り、近くに散乱していた新聞を広げました。その新聞の四コマ漫画と後ろから三枚目に載っている読者の葉書投稿コーナーにはいつもなんとなく目を通しているのです。ちなみに今日はうきわを持ったビキニの女の子の横に『夏だ！　プールだ！　ダイエットだ!?　目指せ、あと3キロ！（汗）』と書かれたみつはしゆうりちゃん（11）の葉書が載っていました。最近の小学生ってませてますね。ああ、でも自分が十一歳だった頃もダイエットくらいしてたかもしれないな。

私はその他の面を流し読みながら、エキサイトし終えたらしい兄に「お疲れさま」と声をかけました。倒れたまま息も絶え絶えになっている待子さんには「あたしにもおソバお願い」と言いました。……冷たいと思わないで下さいね。最近こういうことは本当に我が家では日常茶飯事と化していて、トイレに行くのと同じくらいの頻度で行なわれているんです。あ、トイレはちょっと言い過ぎたかもしれません。でも軽い足蹴などもカウントすれば一日三回は必ず見られるささやかなアトラクション、という感覚です。

この場合、殴っている兄はともかく、殴られている義姉の気持ちの方が問題だと言いたいのでしょうけど、私の見る限り、待子さんはお兄ちゃんのすることなら暴力すら苦になっていないのは確実でした。もちろんぶたれるのは痛いと言って嫌がるのですが、なんていうか……待子さんにとってはそれさえお兄ちゃんとのコミュニケーションの一環なんじゃないかと思えるような受け入れ方なんです。ほら、たまに聞くじゃないですか。不幸な恋愛が好きな体質の人の話って。いや、あれともまた微妙に違うんですけど……。あーもう、どう説明したらいいんでしょうか。実際見てみないと私の言いたいことは伝わらないかもしれません。でもとにかく暴力を受けることそれ自体に、義姉は一切不満を抱いていない！　って感じなんです。

あの人は兄の言うことならきっと何でもきくでしょう。もし「熊と素手で闘え」と兄が命じれば闘うだろうし、「マクドナルドに値上げさせろ」と言えば交渉にいくだろうし、「一緒に死んでくれ」と懇願すれば……頷く可能性は大いにあります。うーん、かなり怖いかも（笑）。

義姉が心配しているのは常に兄のことです。放っておいてやればいいのに、自分から近付いていって余計な世話を焼き→怒らせ→殴られ→兄が更に荒れる、というサイクルができあがっていることに気付いていません。これは兄びいきの意見なのかもしれませんが、私から見れば待子さんがちゃんと的確に兄と距離を取っておとなしくしていれば、もう少し被害は軽いんじゃないかと思うのです。でもいくらそう忠告しても義姉は懲りずに兄へ近付き殴られています。

待子さんの致命的な欠点は「鈍感さ」にあるんじゃないでしょうか。実は義姉は施設出の孤児なのですが（こんなあっさりと言うことじゃない？）、こんな人がよく三十一歳になるまで東京で無事にいられたものだと不思議でなりません。前に舞台で言ったことのある「人を苦しめていることに気付かない善意ほどタチの悪いものはない」という台詞を、私は今更になって心から痛感しました。まあその善意をまともに相手にしてしまい上手くあしらえない兄にも問題があると思いますけどね。本当に不器用な人間なんです、兄は。

……少し脱線してしまったけど、とにかく「おソバお願い」と頼んだ私に、兄はハアハアと肩で息をしながら、どこか決まり悪そうな顔をしました。アパートを勝手に解約した件を告白して以来、ますます私と目をあわそうとしなくなっているのです。兄はまたがっていた待子さんの体から疲れ切った様子で立ちあがると、扇風機の脇に落ちていた帽子を拾い、「……焼き場に（備長炭を焼いている窯《かま》のことです）戻る」と呟いて居間から出て行きました。

鼻血を出してぐったりしていた待子さんもふらふらと起き上がり、台所から私の分のソバを持って来てくれました。私は義姉の鼻血が垂れていないか確認したツユの中に、ハシでつまんだ白いネギをたっぷり入れ、ソバをすすりました。氷水で洗ったらしく、よく冷えていて美味でした。縁側で食べたので尚更だったのかもしれません。やっぱり夏はソバですね！

それはさておき、私がそうして昼食を食べている間、待子さんはボサボサに乱れた頭のまま、牛のようなのろさでしっちゃかめっちゃかになっていた部屋を片付けていました。「大丈夫？」と尋ねると、彼女は「全然平気です。だいぶ慣れましたから」と笑ってツユの染み込んだ畳を懸命に雑巾で拭いていました。嘘を吐いてる雰囲気じゃありません。多分、義姉は本当に慣れたんだと思います。もしかしたらこの環境に一番疑問を持っていないのは彼女かもしれない、と私はネギのシャキシャキとした歯応えをかみしめながら思いました。

さっき殴られていた原因を聞いたところ、待子さんは「宍道さん（兄の名前です。しんじと読みます）のためにと買ってきたTシャツがダサかったから怒られたのだ」と言いました。庭を見ると、なるほど怖いほどリアルな子供の顔が胸のところに大きくプリントされたTシャツがぼろぼろにされて捨てられていました。待子さんには申し訳ないけど、確かに人前で着るには勇気のいる服です。兄が怒ったのも無理はありません。

最初にネギを沢山食べてしまったため、このまま行くと後半まで残らないことに気付き、私が今後のネギのペース配分に悩んでいると、待子さんが雑巾を動かしながら「でも……やっぱりいいですよね、家族って。私、ここ来るまでずっと一人だったから、澄伽さんが早く出て行きたいっていうのとか、もったいないなあって……（この間、待子さんの目はTシャツの怖い子供の顔に釘付けです）。私なんて、もう散々外の世界見てきて、ここからどこにも出たくないと思いますから……」みたいなことを言ってきました。遠くから見ると、Tシャツに話し掛けている変な人みたいでした。

私は聞こえなかったふりをするため、大きく音を立ててソバをすすりました。しょうがないでしょう。だって彼女と私とじゃしょせん目指している方向が違うのです。こんな田舎から出て行きたくないと思える義姉の気持ちが私にはとてもじゃないけど理解できません。聞こえないふりをしたことに気付いたのか気付いてないのか、待子さんはそれ以上何も言ってこようとしませんでした。

そして、私が昼食を食べ終えた時でした。

炭焼き場へと戻ったはずの兄がどたどたと廊下を踏みならし、居間に勢いよく現れたかと思うと、「待子、お前ちょっと新婚旅行に行って来い！」と叫んだのです。義姉は訳の分からない様子で「え……？ それはどういう意味ですか？」と質問し、「どうもこうもねえだろ！ 行くんだよ、お前が！ 明日から一人で！」と兄にどなられていました。

「一人で」。そう、確かに兄は「一人で」と言ったのです。大概のことなら二つ返事で了承してきた義姉ですが、この時ばかりはさすがに「それはちょっと……」と戸惑いを隠せないみたいでした。まあ、それはそうでしょう。一人で新婚旅行に行くなんて話、聞いたことがありません。だけど兄は口答えした義姉がよほど気に食わなかったらしく、すわり切った目で「……なんで？」と短く理由を訊ねました（そうしてすごむと、強面の兄は下手なヤクザ顔負けに迫力があります）。

義姉の脅えぶりはすさまじいものでした。「一人で行くものではないから」と素直に答えれば、兄に反抗することになると気付いたのか、彼女は震える声をなんとか絞り出し、「あの……なんでかと言うと、それは……私……私が……（ここで『そうだ！』という表情をして）雨女！　雨女だからです！　小さい頃から私が何かしようとすると必ず大雨になったし、だから、あの、きっと旅行に行ってもどうせどこにも出られなくて、ホテル……ホテルで缶詰めになっちゃうから……！」。苦しい言い訳でした。けれど、じっと黙って聞いていた兄はすわり切った目のまま、「じゃあエジプトに行けよ……」と吐き捨てたのです。

「エジプト？　何言ってるのよ、お兄ちゃん」

この兄の発言にはさすがに私も意味が分からず、思わずそう聞いてしまいました。すると兄は私のことなど完全に目に入っていない様子で、畳を拭いていた姿勢で固まっている待子さんに大量に唾を振り掛けながら、「雨女だから、って何だ? お前、自分が行くところに雨が降るなんて神様にでもなったつもりか? おこがましいにも程があるよ。だったらエジプトだ! エジプトに行って来い! 砂漠を潤して人様の役に立って来い! いいか、分かったなッ? 向こうに雨降らせるまで、絶ッッッ対に帰ってくんじゃねえぞ!」とものすごい剣幕でわめいたかと思うと、襖を壊す勢いで叩き閉め、そのまま飛行機のチケットを手配しに車で出て行ってしまったのです。あっという間でした。そして本当についさっき兄はチケットを予約して帰って来ました。嘘みたいな話だけど全部実話です!

兄は気が小さいくせに短絡的で一度思い込むと他が見えなくなるので、こうなればもう誰の手にも負えません。変に強情なところがあり、前言を撤回するなんて男の恥だと思い込んでるみたいだからなおさら厄介です。しかも間の悪いことに、待子さんは結婚前わざわざパスポートを取得していました。それが新婚旅行に備えて、という計らいだったのもなんとも皮肉な運命です。さっき部屋の前を通りかかった時、トランクを出して旅行の準備をしている待子さんの哀愁漂う後ろ姿が見えました。行く方も行く方だとは思うけど、やっぱりうちの家族は私以外みんな少し変なのかもしれません。引っ込みが付かなくなったとは言え、まさか本当に義姉をエジプトへ一人で行かせるなんて……。何よりそんなお金があるならどうして私に、と個人的にはかなり腹が立ってます!

だいぶ長い手紙を書いてしまいましたね。私の興奮を伝えようとついつい書き込みすぎてしまいました（今、なにげなく時計を見たらいつの間にか深夜の二時でびっくり！）。明日は朝早く義姉を見送らなければいけないので、さすがにそろそろベッドに入ろうと思います。哲生さんは今日も徹夜で執筆活動ですか？　シナリオが出来たらぜひ読ませて下さいね。とても楽しみにしています。それではおやすみなさい。

八月十二日　　　　　　　　　　和合澄伽

澄伽は文通を始めて十七通目になる手紙を赤い封筒にしまい、その口をしっかりと糊付《のり》けした。高校の頃使っていた黒い勉強机の引き出しを開け、数学のノートの間に手紙を挟み、鍵を掛ける。鍵を苦心してティッシュ箱の中に入れ込んだ後、ようやく一息吐き、首を回して大きく鳴らした。

手紙はこのような調子でほぼ日に一度のペースで書かれていた。哲生から来る返事は約四分の一にあたる程度だったが、男にしてはわりと多い方ではないかと澄伽は思っている。「小森哲生様」が「小森さん」になり「哲生さん」にまでなった今、東京で映画監督をしているという男の情報はおおまかに把握していた。年齢は二十八歳。有名な映画学校出身で、卒業後助監督などの下積みを経たのち、今回知り合いの紹介で某プロバイダが会社のホームページで配信する映画のシナリオ・監督を任された。映画はインターネット上だけでなく、単館の映画館でも上映されるという。そしてシナリオは完成しつつあるものの、ヒロイン役の女優が決まっていない。「芸能人よりは色のついていない人の方がいい」と書かれてある一文を読んだ時、澄伽は思わず「やった」と呟いたものだった。

今後の出方をどうするべきか。あまり露骨に自分を使ってくれとアプローチしても相手に引かれてしまう危険があるため、ここは急がず慎重にいくのが妥当だと思われた。それにしてもこちらはかなり包み隠さずいろいろ書きつづっているというのに、なかなか思うように距離を縮めて来ない哲生に焦りと苛立ちを感じながら、澄伽は三時間以上向かっていた机の上のスタンドを消し、ドアを開けて自室を出た。

途端に鬱陶しい熱気の層に体ごと突入するような感覚に襲われる。二階の廊下の窓は全部開け放されているにもかかわらず、部屋の前のこもった空気が流動している様子はまったくない。滑らかだった肌が一瞬でじっとりと湿り始めた。

高校の時、半ば父を脅して自分の部屋にだけクーラーをつけてもらっていて本当に良かった、と澄伽はしみじみ実感した。でなければとてもこの熱帯夜を越すことは出来なかっただろう。こんな劣悪な環境でも眠れる田舎の人間の図太い神経を思い、繊細な自分がその仲間に入るなどやはりあり得ないと、上京の意志は更に高まった。

深夜の階段を、自分が東京に行っている間に父親が取り付けたらしい木製の手すりに指を滑らせながら降りて行く。通気を良くするため足指が出るようにカットされたい草のスリッパがパタパタと小さな音を立てた。冷房で固くなっていた筋肉が徐々に弛緩《しかん》していくのが分かる。窓のない階段下には一層濃い闇が広がっていたが、段々と暗さに慣れ始めた目を頼りに電気を付けることはせずそのまま奥へと進んだ。

途中にある和室の前を通る際、澄伽は閉まっている障子の奥にちらりと視線を走らせた。こないだまでは両親の部屋だったが、今は宍道と寝室を別々にされた待子が一人で寝ているはずだ。隙間がどこかに開いているのか、中で焚《た》かれているらしい蚊取り線香の匂いがもれ出ていた。

玄関に行き着き、風呂場の方へ曲がろうとしたところで澄伽は台所からぼそぼそと囁《ささや》かれる人の声を耳にし足を止めた。小声のため内容までは聞きとれなかったが、確かに誰かが会話している。不自然なことに台所の出入り口は暗いままだった。

「……?」

足音を潜めて暖簾をかき分け、目を凝らすように台所の中をのぞくと、ほとんど同時に子供の玩具じみたチンという音が鳴り、受話器を手から離したらしい妹の姿がすぐ側にあった。

「……あんた、こんな時間に何してんの?」

よほど驚いたのか、手に紐のようなものを握り締めた清深は小さく息を呑み、何も言えないでいる。待子から貰ったのだろう、あの怖い子供のTシャツを妹はパジャマにしていた。元々宍道用だったため、小柄な体の太もも辺りまで隠れてしまい、五分丈のパンツのボーダー柄が少ししか見えない。

「え、えと。電話。友達に宿題のことで」

手の中の紐をすばやくポケットにしまった清深は、全身へ注がれるいぶかしげな視線に身を固くしつつ、ぎこちない笑顔を作った。「お姉ちゃんこそこんな遅くまで……。また手紙書いてたの？」

「あんたには関係ないでしょ」

「そうだよね」

思いきって始めた会話をにべもなく終了されてしまい、目を泳がせた清深は「……じゃあ私、もう電話終わったから……」と体を動かした。

「ちょっと待ちなさいよ」

脇をすり抜けようとしていた妹を威圧的に呼び止め、澄伽は清深と相反して台所の中央まで進み、食卓の脇で歩みを止めた。テーブルを囲む六脚のうち、一番手前の椅子を片手で後ろに引いてみせる。引きずられた脚の下のゴムが、床に摩擦し動物のごとく鈍い鳴き声を上げた。「ここ、座ったら」

「…………」

清深は戸惑った表情でほんの少しだけ後ろへ身を引き、瞬時にいくつかの逃亡策を巡らせたようだったが、結局は言われた通り用意された椅子の座布団へおずおずと腰を下ろした。ここで逃げたところで所詮は危険を先延ばしにするだけだと賢明に判断したのだろう。言い知れぬ不安を胸に抱き、さっきまで引きつり笑いを浮かべていたその口元はまるで悲鳴をこらえるかのようにきつく真横に結ばれていた。そのせいで鼻息がすでに荒い。首から下げられた吸入器を護符代わりのつもりなのか、しっかりと握りしめていた。

「知ってる？　明日、待子さんエジプトに行くんだって」

まるで小学生に読み書きを教える教師を思わせる柔和さで、澄伽はそう切り出した。

「うん。お兄ちゃんに聞いた……」

「今までみたいに遠慮しなくて済むから楽よね」

言いながら、澄伽は椅子の背もたれ側にさりげなく回り込んだ。そのさりげなさがむしろ恐ろしく感じられ、背後に立たれた清深のうなじには梨の皮のようなブツブツが一斉に浮かび上がった。もとから猫背気味の姿勢をますます小さく丸めて警戒心を強める妹の耳元に、澄伽は顔を寄せると、ごく軽い口調で囁いた。「遠慮しなくていいのよね、もう」

「あ、あの………」

清深は首をひねり背後に立つ姉を必死で視界に入れようとしたが、すでに肩には白い両手がそれぞれしっかりと固定されていたため、その表情を読むことはできなかった。清深の胸にプリントされた子供の顔が乱れた呼吸に合わせ、大きく歪み始めている。

「……東京でお姉ちゃんね」

澄伽の手がスッと上がり、清深は反射的に首をすくめた。ぶたれる——そう思ったが、意外にも掌《てのひら》は労るような手付きで清深の頭部へと優しく置かれただけだった。

「大変だったのよ、女優。やってもやっても上手くいかなくて」

上から下へ、ゆっくりと撫で下ろされる掌の感触を髪越しに感じつつ、清深は自分の膝元だけを必死に凝視し続けた。

「どうしてだか分かる?」

清深はうつむいたまま、ズボンのボーダーの柄から目を離そうとしない。まるでそうすることだけが自分にできる唯一の策であるかのように、じっと体を強張らせていた。

「あんたのせいよ」

髪を撫でていた白い手が、ぴたりと止まった。明らかにそれまでと異なる姉の強い声音を聞きながら、清深は隠されていた悪意が暴走していく前触れをはっきりと感じ取っていた。

「あんたが変な漫画描いてあたしを晒し者にしたせいで、あたし分かんなくなっちゃったのよ。それまで平気だったのに。人の目なんか気にしないで演技に集中できてたのに。あ

んたが変な漫画描いたせいで……。ねえ、分かる？　できなくなっちゃったのよ、演技に集中。どうしてくれるの？　実力全然出せないんだから、上手くいくはずないわよね。あたしはちゃんと完璧だったのに。あんたがあんな漫画なんか描いたりしなきゃ、あたしはとっくに完璧な女優になれてたのに。ねえ、分かってるの？　全部自分が悪いって。あたしが女優になれないのは全部あんたが原因だって、分かってるの？　分かってるんだったら黙ってないでなんとか言いなさいよ！　私が頭おかしかったせいでお姉ちゃんに迷惑かけてますって言いなさいよ、あんた！」

感情的になっていく声とともに、澄伽の指はギリギリと清深の頭をものすごい力で締め付けた。五本の長い爪が頭皮にきつく突き立てられ、熱いほどの激痛が走る。何本か髪が同時に引き抜かれる音を、清深は耳ではなく脳で直接聞いた気がした。反応がないことでますます姉をあおってしまったらしく、力任せに頭が揺さぶられる。それでも吸入器を胸の前で握り締め、自分の膝を見つめた清深は、辛抱強くその痛みと恐怖に耐えた。めまいで視界がかすむ。わずかに膨らんだ胸の肉を通して、荒く脈打つ自分の鼓動が指先にまで伝わる。

頭が、そのまま床に叩き付けられるように思いきり前に振り払われた。浮遊感を覚えた清深は派手に椅子から転げ落ち、両手を突いた体勢で床に倒れ込んだ。思わず首を後ろにひねると、月明りを背に受けた姉が乱れた息を弾ませながら、自分を血走った瞳で見下ろしている光景が目に入った。

背筋に、ぞくりと震えが走る。

視線をどうにか姉から外した清深は、首を前に戻しもつれる手足を廊下へと向かって必死に這わせた。掌ににじんだ汗が油っぽい板に粘り着く。膝の骨をガンガンと床に打ち付けたが、何故か痛みはまったく感じなかった。

暖簾の下を潜り、やっとの思いで立ち上がった清深は、後ろを振り返ることもできずにそのまま夜の廊下を無我夢中で逃げ出した。

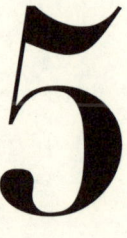

5

姉の日記を盗み読んだのは、小学校三年生の時だった。

学校から戻り、ランドセルを勉強机の椅子に背負わせて自室を出ると、すぐ隣の部屋の扉が半分ほど奥へ開いていた。中をのぞくつもりはなかった。ただ偶然、目に入ったのだ。机の上に無造作に置かれた、辞書ほどにぶ厚いノート。姉のセーラー服の襟よりも更に深く鮮やかなその濃紺が、清深の目を引き寄せる力を発していた。ほんの何秒か、それをじっと見つめたままだった清深は階段へ向かわせていた体をゆっくりと反転させ、気付けば足を一歩前に踏み出していた。少し開いたまま止まっていたドアを、わずかに震える手でそっと奥へと押す。掌に扉の抵抗する力を一瞬感じたが、その情報は脳に伝達されるより前に肘辺りで遮断されているのではないかと思うほど、現実味のない感触だった。扉を押したことで起きた風が、脇にあった小さな埃《ほこり》の塊を持ち上げ、廊下の隅へと運んでいく。

軋む蝶番《ちょうつがい》の音をやはりどこか遠くに感じながら、清深は徐々に広がっていく室内の光景を俯瞰した。茶色い木の部分が少しずつ白い部屋の壁紙に取って代わられる様子は、めくられていく本のページにも似ていた。扉は開き切らずに再び途中で止まったが、それで充分だった。

清深は慎重な動作でもう一歩、前へと踏み出した。ちょうど肩幅ほどの隙間をドアに少しも触れないよう体を斜めにして擦《す》り抜け、そっと中へ侵入する。

そこはまぎれもなく、姉の部屋だった。姉の体に触れていた空気が、清深を異質のものとして静かに拒否していた。姉の、としかいいようのない甘いとも苦いとも違う匂いが鼻孔に滑り込む。開き切らなかった扉の裏に、枕を向こうにしたベッドがあった。その枕の微妙に沈み込んだ形や、めくられたままの掛け布団や、シーツに長く走る皺や、サイドボードに置かれた目覚まし時計が少しベッドを向いている角度すべてが、脳に鮮明に記憶された。

実際よりもずっと横に長く思える部屋の中央へ、おずおずと清深は足を進めた。足音を立てず、空気さえもかき混ぜないよう細心の注意を払い、ベッドの脇に配置された壁際の勉強机をまっすぐ目指した。机の下にあるスチール製のゴミ箱には九分ほどまで中身が溜まっており、中学で渡されたプリントらしきものが丸めて捨てられているのがのぞかずとも見えた。

姉の勉強机は、自分のいかにもごつい肌色の木でできた児童向けの勉強机とは違い、黒で表面を塗られた細みのものだ。椅子も下にキャスターがつき、背骨のような部分の先に楕円の背もたれがちょこんと乗った、グレーの布張りの椅子だった。そもそも自分が今使っている机は、姉のお下がりなのである。清深が小学校に入学したとき、当時五年生だった姉がわがままを言い、父にこの気の利いた机を無理やり買わせたのだった。本来であれば入学祝いに新しい机を買ってもらえるのは清深のはずなのだが、姉にそんな常識が通用しなかっただろうことは容易に想像できた。

黒い机の上には、濃紺のノートが先程見た時と変わらぬ位置に置かれていた。ポンと投げ置かれただけの無造作な状態であるにもかかわらず、清深にはそれが極限まで計算し尽くされたかのような絶妙な配置に思われた。側に転がるアルミ製のシャーペン、ふたのきちんと閉まっていないリップクリーム、消しゴムの先に付いたままの消しカスを含め、卓上が極められた一つの完成品であり、それに触れようとしている自分は今とてつもなく取り返しの付かぬことをしようとしているのではないか、という罪を犯す直前の人間にとって通過儀礼とも言える妄想がみるみると膨らんだ。

だが、それも一瞬のことだった。気付けば清深の指は濃紺の固い表紙に引き寄せられるように触れており、心の準備などする暇もなく中身を開いていた。

一ページ目には「diary」と流れるような筆記体で印刷されていた。九歳だった清深は無意識にそれを「秘密」と訳した。少し黄ばんだ色合いで高級感をかもし出そうとしているその紙を、清深は今までの躊躇《ちゅうちょ》の時間などまるで感じさせない手付きで、いともたやすくめくった。むしろその意味のない一ページを邪魔だとさえ感じた。

しかし、そう思っている自分に気付いた瞬間、ふいに「自分は今すぐ死んでしまった方がいい」という漠然とした強い思いに襲われた。顔を大きく歪めた清深は口の中で「死ね！　死ね！」と自分に向かって罵りの言葉を浴びせ、舌に歯を鋭く突き立てた。歯に力を込め舌先に限界まで痛みを与える。ようやく歯を外し、もう一度「死ね！」と自分に吐き捨てた後、清深は息をわずかに乱しながらページをつかんだままの指をじっと見下ろした。

「…………」

一連の葛藤が終わるのを待っていたかのように指が自動的に動き、目の前に文章が現れる。ノートにびっしりと埋められた文字を、すでに眼鏡の奥の眼差しが執拗に追い始めていた。「死ね」の呟きはいつの間にか途絶え、舌先のしびれも完全に忘れ去られていた。清深は唾を呑む手間さえ惜しんであっという間にその二ページを読むと「あと一日分だけ」と自分に誓いながら次をめくった。読めない漢字も多かったが、何が書いてあるかくらいは前後から推測することができる。またすぐに読み終わってしまい、物足りなさを感じた清深は「本当にあと一日分だけ」と苦しげに呟き、ページをめくった。

姉の日記は三年前から始まっているにもかかわらず、どこを開いても「いかに自分が特別な人間であるか」について、細かく小さな字で延々と書き記されていた。どうしてここまでと驚かずにはいられぬほど、日常で起こったありとあらゆる出来事の要因を自分に結び付けているのだ。

それは、例えばこういう一ページに象徴されている。

小学校五年生の時、ランドセルを背負っていつものように登校した姉はクラスメイト達が青ざめた顔で口々に騒いでいる光景に出くわした。事情を聞くと、不幸の手紙がみんなの机の中に入っていたのだという。姉の机にももれることなくその手紙は入っており、文面には子供のつたない字で「これは不幸の手紙です。これを読んで三日以内にこれと同じないようの手紙を十人に出さないと、あなたは一しゅう間いないに死にます。東京に住む野田《のだ》ともみさんがこの手紙をムシして、三日後にしんぞうほっさで死にました。だからあなたも手紙を十人に出さないと、ぜったいに死にます。かならず、これと同じものを三日いないに出して下さい」とそれなりの迫力を漂わせた文章が差出し人の名前もなく書かれていた。田舎の小さな学校のため全員でちょうど十人だった五年生達はすっかり恐怖が連鎖してしまい、肩を抱き合いながら本気で死に怯えていた。

そんな中、姉はなんのためらいもなく、その手紙を無造作に破り捨てたのだった。「こんなの誰にも相手にされない人間のくずがやることだ」とさえ言い放ち、それだけならいざ知らずクラスメイトが不安げに自分をうかがう目が気に食わないという横暴極まりない理由で、全員の手紙を取りあげ破り捨ててしまった。数人の女子が「和合さんのせいでみんな死ぬ」と泣きわめいたが、姉は当然のごとくこれを無視した。手紙をテープで復元しようとする男子児童に憤慨《ふんがい》した姉は紙片を残らず奪い取り、教室の窓から田園に向かって投げた。どの子供もみな大声で泣いた。

そして三日が過ぎ、五日が過ぎ、期限の日まであと一日を残して、姉は学校を休んだ。和合さんは熱を出したので今日はお休みです。朝の会で先生からそう聞かされたクラスメイト達は「絶対に手紙の呪いだ」と噂し合って震えただろう。自分達十人分の呪いを受け、和合澄伽は高熱にうなされ謎の病死を遂げ《と》るのだ、と誰もが信じて疑わなかったに違いない。だが実際にその日、救急車で病院に運ばれたのは予想に反し、九人のクラスメイト達自身だった。彼らは理科の授業で育てたヒマワリの種を食し、腹痛と吐き気を訴え、次々と倒れたのだった。

実はただ眠たかっただけという理由で学校をさぼっていた姉は、教師からみんなが食中毒で入院したとの連絡を受け、強く確信した。**やはり自分は特別な人間なのだ**——もはや疑う余地もなかった。最後には「最も呪われるべき自分が無事で他の全員が入院するなど、そうとしか考えられない」というような一文でその日の日記は締めくくられていた。

それ以来、姉という人間に対する興味が清深の中で膨らみ続けた。姉のことなら何でも知りたかった。姉の思考、姉の認識、姉の意欲、姉の言動、姉が周りに与える影響。不可解としかいいようのないそれらすべてが清深にとって興味深くてたまらず、のめり込むように観察を続けた。

その中でもやはり、姉の人格を決定付けているだろう「自分が特別である」という思い込みの激しさには目を見張るものがあった。容姿がいいという以外、他人より優れているもののないように思われる姉に何故あれほどの自信が存在するのか。清深の研究のテーマはほとんどその一点に集約していったが、どれだけ和合澄伽という人間を分析しても正解と思える答えは見つからなかった。「ない」という究極の答えは、清深を更に熱狂させ、心酔させ、没頭させた。姉さえ観察し続けていられるならば、それだけでいいとすら思った。

やがて思春期に入りはっきりと自信を持ち始めた澄伽が人目をはばかることなく「自分は唯一無二の女優になる」と言い始めた辺りから、清深の興味は今後姉がいかにして現実を生きていくのかという方向へ少しずつ移行し始めた。

高校を卒業すれば、現実が日常に入り込んで来る割合は今までとは比べものにならない。確かにこれまでにも、姉には何度かそういった類いの危機が訪れていた。例えばクラスの女子が姉を敬遠し、孤立し出した時。例えば高校の文化祭で演じた舞台を、誰もが白けた目で観ていた時。まさに現実の厳しさを思い知る場面である。だが驚くべきことに、姉はそれらすべての危機を「自分は他人に理解できないほど特別な人間だ」と更に強く思い込むことではね除けていったのだった。孤高の人の位置に浸り、レベルが高過ぎる演技に誰も付いて来られないのだと、まるで疑いもしなかった。

普通なら自信をなくす場面で、姉のプライドは一層高められ、自意識はますます強められていったのである。だから姉が社会に出て行くことは「姉の超自我と現実との闘いなのだ」と、清深は思った。現実が姉を呑み込むか、姉が現実を取り込むか。自分でもどちらに勝ってほしいのかよく分からなかったが、その行方を見逃すわけにはいかないという思いだけは確かだった。

高校卒業を三ヵ月後に控えていた姉が、食事中に父親から「進路のことで話がある」と仏間へ呼ばれた時も、中学二年生だった清深は襖の裏で一部始終を観察していた。

真冬の廊下は、毛でできたスリッパを履いているにもかかわらず、足指の感覚が麻痺するほど冷たかった。ガチガチと歯同士がぶつかり合う音を聞かれまいと、清深は必死でかさついた唇を重ね合わせた。そうこうするうち、柱時計の鐘の音が居間の方から響き、親子二人が仏間に入ってからおよそ一時間半が経過したことを知らせた。

「上京は絶対に駄目だ」

時計が鳴り終わった頃合いを見計らい、父親はこの日何度も吐かれた言葉を押し殺した声でもう一度繰り返した。壁の額に納められた先祖の白黒写真が見下ろすその部屋で、仏壇の前、座布団に正座した姉はスカートを強く握り締め、敵意のみなぎる目で正面の父の顔をじっと睨み付けていた。隅では石油ストーブの上のやかんがシュウシュウと小さく熱い息を吐いている。隙間に押し付けた清深の顔の筋肉だけ、わずかに熱でほぐされている感覚があった。

「……どうしてよ」

かろうじて理性を保っている澄伽がそう吐き捨てたのを聞き、襖裏の清深は「またか」と軽い失望を隠せなかった。上京を反対され、その理由を問うという一連のやりとりはすでに散々見てきた光景であったため、特に目新しい展開は期待できぬだろうと考えたのだ。理由を問われた父親がその度、我が家の家計に余裕がないことを謝り、なだめ、怒り、同情を誘い、開き直るなどといった様々な言い方で説明し、最終的には上京を反対して振り出しに戻るという流れが終わりなく続いているのだった。

「だから、どうしてそんな理由で諦めなきゃならないのよ！」

「じゃあ、お前に仕送りするために家族が苦しんでもいいのか。お前のためにみんなが外食も何もできないような苦しい生活になって幸せなのか」

父親が今回対応に選んだのは、罪悪感に訴える、というパターンらしかった。

「そんな言い方、卑怯だと思わないのッ？　親は子供のために苦労するものじゃない！　親なら子供の願いを叶えてあげるために頑張るでしょッ？」

完全に逆効果だったらしく姉は畳の上に敷かれた複雑な模様の入った絨毯《じゅうたん》に拳を叩き付けながら、激しく抗議した。ワインレッドの絨毯からわずかに埃が舞い上がる。

「卑怯よ、絶対！」

顔を興奮で真っ赤にし呼吸を乱した澄伽は、頬にかかった自分の唾を指でぬぐう父親にますます逆上した様子で食ってかかった。口からは米粒大の白い唾が更に飛び散らかされた。

「じゃあいいわ！　あたしが自分で稼げばいいんでしょッ？　他の子達が仕送り貰ってる中、あたしだけ朝から夜まで死ぬほどバイトして生活すればいいんでしょッ？　やるわよ！　仕送りなしで東京で暮らすわ！　十八なのに！」

「これだけ言ってもまだ分からないのか、お前は！」

それまでなるべく淡々と相手を務めていた父も、聞きわけのない姉につられてついに声を荒らげた。「大体、お前なんかに演技の才能なんかあるわけないだろ！」

「…………」

可能性すら考えたことのなかった言葉を突き付けられた姉は、瞬間、信じられないという顔をした。

「どうしてそんなことがあんたに分かるのよ……！」

「お前、よく部屋で一人稽古してるだろ。聞こえてくるんだよ、声が」

冷静さを取り戻した父がさも面倒くさそうな渋い顔で答えた。

「ふざけないでよ！　そんなので分かるわけないでしょ！」

「分かる。お前には絶対無理だ」

取りつく島もない父の結論に、姉は絶句した。どう言えば目の前の愚かな男に自分の特別さを思い知らせてやれるのか、屈辱と怒りで混乱寸前の頭で必死に考えているようだった。観察歴の長い清深には姉の気持ちが手に取るように分かったが、自分で自分を追い詰めた澄伽は荒い呼吸を吐くと、頬を痙攣《けいれん》させ喉が裂けんばかりの大声で絶叫した。「あたしは絶ッ対に女優になるのよ！」

それは執念に満ちた姉の魂の叫びだった。しかしそんな娘から顔をそらした父は溜息とともに一言、こう言い放ったのだった。「自惚《うぬぼ》れるのもいい加減にしなさい」

姉の顔色から血の気が引いた。そのまま泡を吹いて倒れてしまうのかと思ったが、次の瞬間、飛び出すほど大きく目を剝《む》くと、仏壇前に供えてあった高坏《たかつき》に積まれた果物をなぎ払い、中にあったナイフを引っつかんで父へと向けた。何かが襖にぶち当たり、その裏にいた清深は予期していなかった衝撃にとっさに身を引かねばならなかった。すぐに隙間から中をのぞき直すと、畳の上を勢いよく滑るナイフのさやが見えた。熟した林檎とみかんがワインレッドの絨毯の上に散乱し尽くしている。

「訂正しなさいよ！」

両目からぼとぼとと涙をあふれさせた澄伽は、震える手で父親に刃先を突き付けていた。

「さっきの言葉、訂正しなさいよ！」

この時点で姉の尋常でない叫び声を聞きつけた兄と母親が、揃って廊下の先からこちらへと小走りに向かって来るのが見え、清深は慌てて襖から顔を離した。母親の手には食器洗い用のスポンジが泡を付着させたまま握られており、兄に至っては風呂上がりだったらしく、真冬だというのに上半身に何も着ていなかった。

「清深、どうした？」

「なんか……お姉ちゃんが……」

清深の態度から事態を大体察した宍道は襖を勢いよく開け、仏間へと踏み込んでいった。室内から一気にストーブの籠った熱気があふれ出す。慌てて兄の後ろから室内をのぞくと、完全に瞳孔の開き切った姉が今にも血管の切れそうな形相で、林檎を踏んで転んだ様子の父親を壁際へと追い詰めていた。いつか漫画で読んだ獣に取りつかれた女を連想させるほど、澄伽の壊れ方はすさまじいものだった。

「何やってんだ、おい！」

後ろから兄に羽交い締めにされた姉は全身を使い、激しく抵抗した。それがものすごい力であることは、兄の二の腕に盛り上がった筋肉で分かる。ナイフを奪われまいと澄伽が押さえられた右手を滅茶苦茶に振り回すため、清深と母親は廊下まで急いで後退しなければならなかった。二人の揉み合いで床が揺れ、バリバリとすごい音がしたかと思うと、障子が骨ごと破壊されていた。

「お父さん！」

青ざめた母親の叫び声で、呆気に取られていた父親がようやく我に返り、絨毯を滅茶苦茶に踏みにじっていた姉の足に抱きついた。姉は男二人に押さえられながらもまだ抵抗を止めず、奇声を発して右腕の肘を兄の脇腹に叩き込んだ。思わず兄の手が緩み、逃れようとして姉に振り切られた刃物の切っ先がその眉の上をかすめた。

「……ッ！」

わずかな間の後、赤い線が兄の額に浮かび上がり、その線に沿って皮膚と肉がぱっくりと左右に割れた。大量の血が裂け目からあふれ出して兄の右目を赤黒く染めていく。

「宍道！」母親が声を裏返して悲鳴を上げ、よろけながら襖にしがみついた。

「くそ……！」

舌打ちした宍道は右手で傷口を強く圧し、どうにか姉からナイフを取り上げると、それを清深の方へ向かって「持っててくれ」と差し出した。兄の手の下からダラダラとしたたる血液に目を奪われた清深は茫然とナイフを受け取った。細い柄が驚くほど熱を帯びている。生々しく鉄臭い匂いが辺りに充満し始めていた。

兄はそのまま、泣き崩れ絨毯にへたり込んだ姉の脇まで行って膝を突き、「澄伽、もう大丈夫だからな」と不器用な手付きで頭を撫でた。姉の薄い茶色の髪に血が付着し伸び広がる。母親に車へ乗せられるまでの間、力任せにすがり付いて来る澄伽の背中を、宍道は清深が発作を起こした時と同じように「大丈夫だ」と言いながら擦り続けていた。

その後、隣村の病院まで運ばれた宍道は額を八針縫ったが、原因は自分の過失だと言い張り、この夜のことを身内だけの秘密として深く隠蔽《いんぺい》したのだった。

一件はそうして静かに落着、落着と呼べるかどうかすらも怪しい曖昧な幕切れを迎えた。ただしこの件を通じて、次女の心の中にわだかまるものが残ったことに気付く者は家族の誰一人としていなかった。

この居心地の悪い、ムズムズとする気分が一体どういうものなのか。清深自身にも正体がつかめず、随分ともどかしい思いにさいなまれた。しかし事件から数日が経ち、上京のことを言い出さずおとなしく高校に通う姉や、殺されかけたことなど忘れたかのように普段通り振る舞う父や、抜糸後もひどい傷跡が残る兄の額を見えないものとして食事する母を見る内、そのわだかまりは否が応にもはっきりとした形を浮かび上がらせていったのだった。

そしてある日、観ていたテレビ番組がCMに突入するというなんの関係もない場面で、ついに清深は「これほど危ういバランスを保ちながら生きている姉の姿は隠されるべきではなく、むしろより多くの人間に知ってもらうべきだ」と自分が強く切望していることに気付いてしまったのだった。

誰かに伝えたい、という欲望だった。研究したものを発表したいという気持ちだった。それはまるでこれまでずっと姉を見続けてきた自分に与えられた使命にすら思え、清深は夜ごと布団の中で葛藤を繰り返すはめとなった。姉の人間性を誰かに教えるということはすなわち姉を意図的に晒《さら》し者にするのと同じであり、それはどう考えても実の妹である十四歳の少女の内部に含まれるべき願望ではないと思われたのだ。家族なのだから姉をちゃんと気遣わなければ。どうにかそう自分を納得させ、清深は込み上げる衝動を必死に踏み止まらせた。

姉が一人の同級生と肉体関係を持ち、上京資金を稼ぎ始めた事実を日記で知ったのはそんな矢先のことだった。

限界だ。そう感じ考え悩んだ挙げ句、清深は机の中から新しいノートを一冊取り出した。

Ｂ5サイズの肌色の大学ノート。それを机の上に広げ、大きく深呼吸し、鉛筆と定規を握り締めた清深はまず白い紙の上に四本の線を引いて、一つの大きなコマを作った。そしてその中に髪の長い少女の姿を描いた。気の強そうな顔に長い手足。簡単な吹き出しには「不幸の手紙なんて人間のくずが出すものよ！」と文字を入れた。

毎夜、密かに妄想していた姉の物語を、清深は震える手でおそるおそる描き出していったのだった。もともと姉以外の興味は漫画くらいしかなく、幸いにと言っていいのかどうか絵は清深の唯一の特技だった。

誰かに見せるつもりはなかった。ただ自分の、抑え切れない気持ちをとにかく一時的な形でもいいから処理せねば、と漫画にする方法を思い付いたのだ。そうでもしないと村中の人間に姉のことを喋って歩きかねないほど、清深の精神状態は切羽詰まっていた。

家にいる時間のほとんどを漫画に費やし、およそ二週間ほどでその鉛筆書きのノートは完成した。とりあえずの欲望を吐き出し切ったため、それからしばらくはほっと一息吐いた心地だったが、十日もするとすぐにまた「伝えたい」という衝動がむくむくと頭をもたげ、抑え切れなくなった。何かに没頭していないと駄目らしい。そう感じた清深は慌てて電車とバスを片道二時間も乗継いで町の大きな画材屋に行き、原稿用紙、インク、ホワイト、平筆、Ｇペン、丸ペン、スクリーントーン、ハウツー本、と漫画に必要な最低限の道具を貯金を崩して買い込み、再び部屋にこもり始めた。このあいだノートに描いた漫画を使い回し、今度はなるべく手間暇のかかる方法で時間を稼ごうと思ったのである。

その狙い通り、初めてのペンとインクに苦戦し、影の付け方に悩み、集中線に泣き、背景にこだわり、原稿用紙を何十枚も無駄にしたお陰で、今度はたっぷりと二ヵ月近くおとなしくしていることが出来た。そこから更に約一ヵ月掛けて、少しでも気になるところを清深は何度も描き直し、時間を稼いだ。

だが、さすがにもうこれ以上手をくわえる箇所がないというレベルにまで達し、焦った清深は再び湧きあがる欲求を落ち着かせるため、「せめて全然知らない数人の人に」と毎月購読していたホラー雑誌の漫画新人賞へ応募した。ジャンルがホラーなら掲載されることはまずあり得ないと思えたし、何よりここまで時間を掛けて費やしたものを捨てるほどの勇気が自分にはなかった。

今頃、どこかの誰かが姉のことを知ってくれているかもしれない。そう思うと頭の芯がじんわりしびれるような感覚があった。もしかしたら読み回されているかもしれない。もしかしたらもう一度読み直してくれているかもしれない。もしかしたら……。清深はその妄想だけで、日々を乗り切った。その間も姉の日記によれば、上京資金は着々と稼がれているらしかった。

だから雑誌に漫画が載ったのは、まったく予想外の出来事だったのである。

『これぞ次世代のニューホラー！　十四歳の異端児、新感覚デビュー作！』。見開きにはそう仰々しいほどのあおりが入れられていた。編集部からかかってきた電話を受けたのが加津子であり、尚かつその雑誌を毎月山のふもとの村まで降りた際に購入してくる役目も母親に頼んでいたため、漫画のことはすぐに父親に知らされた。

いつかの姉のように仏間へと呼ばれた清深は、詰め寄る父に、姉の日記を盗み読んで漫画を描いた事実を観念して認めなければならなかった。それは同時に長女が体を売っていた行為も認めることとなり、気丈な父親もさすがに動揺を隠せないようだった。何より漫画の件が相当にショックだったらしく「家族を思い遣る気持ちがない」と清深の頬を殴り、うつむいてむせび泣いた。これまで奔放な姉の分まで良識的に育てられていた清深にとって、父親に手を上げられたことも、泣かれたことも、生まれてからこれが初めての経験だった。

この涙を見て、ようやく清深は「自分がどれだけ人として大事なものを欠落させていたか」という思いに心臓を激しく揺さぶられた。熱狂的にのめり込んでいた状態から、突然頭に冷水をぶちまかれ我に返った気分だった。

我に返り、次に襲ってきたのは死にたいほどの自己嫌悪だった。五年近く姉の日記を盗み読んでいた自分。姉を観察し続けていた自分。姉のことを他人に伝えたいと思った自分。いっこそこそと漫画を描いてはほくそ笑んでいた自分。思い出すだけでおぞましかった。いっそ本当に死んだ方がいいとさえ思った。最低な人間だと心から自分を恥じ、後悔した清深は畳に額をこすり付けながら泣いて許しを求めた。姉にした過ちを償うためなら、どんなことでもしようと固く心に誓った。

しかし、気付いた時にはもう遅かったのである。

誰が入手したのか、清深の投稿した漫画が掲載された雑誌はあっという間に村中の人間に回し読まれ、必然的に澄伽が父親を殺しかけたことも、同級生に体を売っていたことも村人全員が知るところとなった。否定しようにも宍道の額の傷が何より漫画が真実だと物語っており、周囲の好奇の目にさらされた結果、もともと異常なまでにプライドが高かった澄伽は自室に籠るようになり、まったく外に出て来なくなってしまったのだった。

一ヵ月が経ち、二ヵ月が経ち、それでも変わらない状況に見兼ねた家族は悩んだ末、澄伽を東京に行かせるという苦渋の決断を下した。

また体で稼がれるわけにはいかず、仕送りはせざるを得なかった。

このことがあって清深は一切の漫画道具を処分し、壁を埋め尽くしていた本棚の中身すべてを焼却した。姉は最後まで口をきいてはくれなかったが、日記の持ち主が上京したことで盗み読みの中毒からも逃れられた後、罪を償うためにも清深は付けられた名前通り深く清らかな人間になろうと全力で心掛けた。両親もそれを望んだし、何より清深自身がまだ十四歳である自分の人間性に希望を見出したかったのだ。もし他人の、それも身内の不幸をエンターテイメントとして貪ろうとする部分が本性であると認めてしまえば、とてもじゃないがこの先自分に人並みの明るい未来が用意されていることなどあり得ないように思えた。今ならまだ間に合う。姉に対して心から謝罪の念を抱いている今ならまだ。己を信じ、生まれ変わろうと固く誓った清深は強い意志を貫き通し、誰にも恥じることのない純粋な気持ちで高校三年生までの四年間を心安らかに過ごした。

だが。

目の前で両親が死亡した事故を目撃したあの日から、胸の奥でまたしても何かがかすかにうずき始めたのである。最初は錯覚だろうとあえて重要視しなかった。しかしそんなその場しのぎのごまかしなど長続きするはずもなく、清深は両親の死に向き合うたび、傷ついた気持ちを冷静に分析しようとするもう一人の自分の存在をうっすらと感じた。事故の経験をネタに使えないかと考えている自分の存在を認めざるを得なかった。

この存在が表面の方へ浮上してくることを極度に怖れた清深は、祈るような思いで猫の飼い主へ毎晩脅迫電話を掛け続けた。両親を死に導いた相手を強く憎むことで、浮き上がって来ようとする十七歳の少女らしくない客観的な気持ちを必死に心の奥底へと押し沈めたのである。脅迫電話は篠井ちえ子の体重を激減させるほど陰湿なものであったが、両親の死を純粋に悲しめないことよりは、復讐という目的の分だけよっぽどまともだと思えた。受話器を握り、恨みの言葉を吐きながら、清深は深く清らかな自分だけを意識の続く限りイメージし続けた。

6

いつもは軽いはずのバイトまでの足取りが、今日の清深にはいつになく重かった。いや、今日だけではない。ここのところ日に日にその重さは着実に増してきている。待子が兄の正気とは思えない言いつけを聞き本当にエジプトに行ってしまった後、姉はあの夜の宣言通り、退屈な田舎暮しを本格的に自分で潰し始めたのだった。

木々がまさに心の中の不穏を掻き立てるようにざわざわと揺れている。台風が接近しているらしく肌に触れる空気が異常に生温い。家を出る前の天気予報でテレビに表示された不快指数を思い出し、清深は大きく息を吐いた。

どんどん鬱屈する気分をまぎらわそうと空を見上げても、分厚い雲がどこまでも重く垂れ込めるばかりで晴れ間など一向に見当たらなかった。崖側から下を見ると、台風に感化されているのか村全体がどことなく浮き足だっているような落ち着かない気配に包まれている。風が、道に落ちている木の葉を巻き上げるついでに、清深の髪も荒々しく掻き乱していった。

……昨日の夜は、本当にあのまま殺されるかと思った。

一瞬まだ自分が熱湯の中にいる気がして、清深は思わず立ちすくんだ。もう終わったのだと言い聞かせ、ここが浴槽じゃないことを確認する。車一台分ほどの山道。ざわめく欅《けやき》の群生。低く高くうなる風。なんとか冷静さを取り戻し再びふもとへと歩き出したが、いずれにせよしばらく風呂には入れそうもない、と清深は苦しげに顔をゆがめた。


「どうしたの？　熱いなら我慢しないで出なさいよ」

昨夜《ゆうべ》、入浴している最中にいきなり風呂場の扉を開けた姉が自分を見下ろし、楽しそうに言ったのだった。眼鏡を外しているため曖昧な輪郭ではあったが、ノースリーブに膝丈のジーンズというラフな恰好にもかかわらず、姉の体つきは自分の貧相な裸よりも数倍女性的に思えた。

「家族なんだから恥ずかしくないでしょ」

警戒して湯船に浸かったまま場をやり過ごそうとする妹の態度を読んだ澄伽は、「どうしたの？　そんなに震えて」と薄く笑みを浮かべた。

濡れ光るその瞳の色に嫌な予感を覚えた時、後ろへ回されていた姉の右手がスッと動き、使い捨てカメラの人工的な緑色が清深の目に飛び込んだ。簡素なプラスチックのシャッターにはほっそりとした人差し指が準備万端に乗せられている。

「もしかしてお湯がぬるい？」

答えを聞こうともせず、澄伽は敷かれた簀《す》の子《こ》の上を素足で歩くと、浴槽に突き出た二本の蛇口のうち赤い印のついている方へ手を伸ばし、あっという間に栓をひねった。

「これですぐにあったまるわよ」

姉の優しい声が狭い室内でこだまする。それからほどなく熱湯を注ぎ足された浴槽の温度は上昇し、縮こまるように膝を抱え裸を隠している少女をじわりじわりと責め始めた。清深は悲鳴のように皮膚から吹き出す汗の味を口端に感じながら、姉が早くこの遊びに飽きてくれることだけをただひたすら願った。

「まだあったまらない？　いいわ、もう少し熱くしてあげる」

あくまでも妹を気遣う心優しさを見せつけ、澄伽は一旦締めていた蛇口を再度ひねった。なるべく長い時間をかけて獲物をいたぶり続けるがごとく、少量ずつ注ぎ湯していく。ますます身を縮めた清深に気付いた澄伽は、檜《ひのき》の洗い桶を湯船に浸け、ゆっくりと中をかき混ぜ始めた。なんとか体に馴染んでいた熱湯がたちまち苦痛を伴ってうねり出す。小さかった波紋が徐々に大きく広がり、体中を襲う新たな刺激に清深は歯を食いしばって耐えねばならなかった。

「まだ上がらないの？」

更に高温となった浴槽の中で清深は自分をただの物体だと思い込んだ。絶対に裸を晒《さら》すわけにはいかない。小さなカメラは姉の手の中で今か今かと被写体の登場を待ち構えているのだ。全身の水分が汗となって体外へと流れ出ていき、喉が激しく潤いを欲した。口が自然と半開きになり、だらしなく舌が垂れる。助けを求めようにもかれた喉は使いものにならず、ハッハッハと洩れる浅い呼吸が、清深を物体というよりもむしろ犬へと近づけていた。

浴槽の縁に腰掛け、そんな妹をカメラ片手に眺めていた澄伽は、ピチャピチャともてあそばせていた指先を湯から抜いて目を細めた。「何か飲みたい?」

汗が目に流れ込み視界がぼやける中で清深が見たものは、タイルの上に転がっていた洗面器を拾い上げ、赤い印のついた蛇口から液体をなみなみと注ぎ入れる姉の姿だった。

「好きなだけ飲んでいいわよ」

鼻先に突き付けられた洗面器を前に、清深は水分を求める一心で湯気の立ちこめたその無色の液体を言われるがまま喉に流し込んだ。しかし、一口で吐き気が込み上げる。あまりの熱さに舌がしびれる。潰れた蛙のような声を出しながら思わず熱湯を吐き出して咳き込む清深に、澄伽は眉一つ動かさず言い放った。

「そうだ。一分で飲みきらなかったら注ぎ湯されるルールにしない?」

湯船の温度は人が浸かれる域をとっくに越えている。ぐつぐつと茹でられ、煮詰められているのと同じだった。自分から出たエキスが湯の成分を変えてしまっているだろう、と清深はどうでもいいことを頭の片隅で思った。あらゆる感覚が麻痺して力が入らず、指先の皮膚はふやけて皺を摘めば今にもきれいに体から剝がれてしまいそうだった。

「動けないんだったら手伝ってあげるわ」

澄伽は頭を自分で支えることもままならない清深の髪の毛をわしづかんで顔を上げさせると、洗面器の熱湯をその半開きの口元へ強引に流し込んだ。舌に、喉に、胃に焼け付くような刺激が走り、大量の湯で下腹部が膨れていく。酸素が足りず清深は必死に手足を動かしたが、それは水面に小さな波紋を弱々しく起こすだけだった。

「ほら、一分過ぎちゃうわよ」

反響する姉の声が、頭の中で散り散りに広がり弾けてフェイドアウトを繰り返す。残響がいつまでも耳にこびりついて消えない。もはや現実の声なのか自分の脳内だけに聞こえている声なのかすら、もうろうとした頭では区別できなかった。しかし未だ熱湯は洗面器から胃へと送り込まれ続けている。それだけが今の清深になんとか理解できる唯一の事実だった。

「こんなことで許されるなんて思うんじゃないわよ」

ぞっとするほど低い声が頭上から降り注いだ。

これがずっと続く。このまま。一生。永久に。なくならない。死ぬまで。散乱した思考が清深に黒々とした半狂乱の穴の深淵を垣間見せた。そのあまりにも恐ろし過ぎる光景から逃避しようとする寸前の意識の中で、姉の遊びはまだまだエスカレートしていくだろう、という予感めいたものを自分が感じていることに気付き、清深の脳裏には絶望の二文字がよぎった。

ぎらついた目が自分をじっと見下ろしている。

清深の意識は、そこで、完全に、途絶えた。

「おい、清深！　清深！」

よほどぼんやりしていたらしい。背後から肩を強くつかまれ、清深はようやく自分が道の真ん中でいつの間にか足を止めていたことに気付いた。ちょうど今降りて来た山道と真っ直ぐ延びる車道のY字地点。突風にあおられ、山側の欅《けやき》の枝が音を立ててしなっている。高い部分の葉が水揚げされた直後の魚のように暴れていた。

「お前、顔真っ青だぞ。大丈夫か？」

脇腹に手を当て顔を苦しげにしかめた宍道は、息を大きく弾ませながら訊ねた。

「うん……大丈夫。お兄ちゃんこそ顔色良くないよ。家から走って来たの？」

「これが玄関に落ちてたからな。慌てて追いかけて来たんだ」

宍道はそう言い、脇腹を押さえている方とは反対の拳を清深の前へ突き出し、わずかにためらった様子で上に開いてみせた。

掌には紐を切断された吸入器が乗っていた。

それを見た清深の顔が、分かりやすいほど強張った。目を見開き、自分の胸元へとっさに手を伸ばす。おそるおそる顎を引いてシャツしかつかんでいない空の右手を愕然と見下ろした。

「気付かなかったのか？」

宍道の質問にも応えられぬほど、清深の動揺は激しかった。呼吸をすでに乱し始め、兄の腕を両手で強くつかむと、脅え切った様子で周囲にくまなく目を走らせた。わずかに揺れる草むらの動きにさえハッとして振り返り、過剰なまでの警戒心をあらわにした。

「俺がなんとかするから……それまでもう少し辛抱してくれ」

しがみつく清深の肩を抱き寄せながら、宍道は呟いた。

「なんとかなるの……？」

希望と不安の入り混じった表情で清深は兄を見上げたが、顎にうっすら伸び始めた無精髭が視界に入るばかりで、その目を覗き込むことはできなかった。返事の代わりとでも言いたげに、突風にあおられギシギシと騒ぐ民家の車庫のシャッターが台風の接近を兄妹に知らせている。

「………」

清深は回されていた兄の手に自分の右手を重ね置き、ゆっくりと肩から外させると、まだわずかに緊張の残る声音で「バイト行ってくるね……」と告げ、その場を後にした。

「バイト行ってくるね……」

弱々しくそう言い残し、妹はややふらつきながらも村の中心へと一人で歩いていった。なんとかなるのか。そう聞かれて、宍道は何も応えることができなかった。

「畜生……」

家に戻る気になれず、宍道は車道の、清深が去った方とは逆側へゴムのサンダルの底を擦り付け歩き出した。先程からカーンカーンと何かをしきりに打ち付ける音が向こうから響いて来る。台風の対策だろうか。疲れ切った頭で宍道はぼんやり推測した。

……足が重い。根こそぎ奪われた体力はこの夏の酷暑によるものばかりではなかった。母親が事故で死んでからというもの、宍道は自分でも驚くほどの深い喪失感を味わい続けていたのである。

母親の加津子は宍道にとって、まさにかけがえのない存在だった。

本当の父親が幼い頃に突然失踪し、以来自分を女手一つで育ててくれた母親がどんなに苦労したかは誰よりもよく分かっている。和合曾太郎と再婚すると聞かされた時、宍道は今度こそ絶対に幸せな家庭を母親に与えてみせると決心した。母親を幸せにすることは宍道のただ一つの目標であり、ささやかな夢だった。その夢を唐突に失い、胸の内に生まれた虚無感がどれほどのものだったか。せめて残された家族だけでも自分が幸せにしなければ。そう己を奮い立たせ、宍道はなんとか心に開いた隙間を埋めていたのだった。

だが、今になって澄伽と清深の二人を幸せにすることの難しさをはっきりと痛感しているのも事実だった。

待子がいなくなったことで身勝手さに拍車が掛かり、ますます大胆に振る舞い始めた澄伽のことを思うと、どっと疲れを覚えずにはいられなかった。宍道がびくつくことを知ってわざと声を出したり、待子の部屋に呼び込んだりと、その行動は日増しにエスカレートしているのだ。

昨日は夕方の居間だった。清深がいつバイトから帰ってくるかと気が気じゃない宍道に「あたしのこと以外考えるな」と澄伽は荒れた。自分から危うい状況を選んでおきながら、相手の意識が他にそれることを許さないという澄伽の気持ちが宍道にはまるで理解できなかった。

何がどこで間違ってしまったのか分からない。

だが四年前、清深の漫画の件で部屋から出て来なくなった澄伽を必死で説得しているうち、気付けば自分は澄伽という人間を肯定するために彼女を抱かなくてはいけないことになっていたのだ。「お前じゃなきゃ駄目だ」と何十回も、何百回も言わされた。そして

「澄伽以外、誰のことも死ぬまで必要としない」と本気で誓わされた。その時の切羽詰まった澄伽の様子は、恋愛感情というものからは遠く掛け離れたものだった。

澄伽が上京してしまってからも、宍道はずっと自責の念にさいなまれ続けていた。血が繋がっていないとは言え兄妹間での肉体関係はそれほどまでに宍道の心に重くのしかかった。だがしかし、あの時ああしたこともまた、家族を幸せにしてやりたい一心からだったのである。

仕方ない。澄伽を立ち直らせるためだった。じゃなきゃあいつは見ていられないほどひどい状態で。ずっと部屋から出て来ずに。突然泣きわめいたかと思うと、頭を掻きむしり体を震えさせていた。いろいろなことがあって女優になれないかもしれないという不安に澄伽は異常なほど怯えていた。そういう時は側で「お前じゃなきゃ駄目だ」と一晩中繰り返してやった。どうしてもあいつを助けてやりたかった。だから「他の誰のことも必要としない」と本気で誓った。

あの選択は、

間違ってない。

考えるな。

歩きながら宍道はよどんだ空をあおぎ、小さくあえいだ。

近頃はまともに眠ることもできていない。嫌な夢ばかりを見るようになったからだ。内容はおぼろげであるものの、とにかく夢の中でもひたすら悩み苦しんでいる。食事も喉を通らなくなった。食べても味が分からない。胃が受け付けない。清深が澄伽の嫌がらせに耐えていることを知っているのに止められない自分に腹が立って仕方なく、心配して気遣ってくる待子の顔を見れば滅茶苦茶に当り散らした。

待子。

その名を思い出し、宍道はうなだれていた頭をふっと持ち上げた。首を回して辺りをうかがう。数軒の民家が立ち並ぶ路地。香ばしい匂いが鼻先に漂っている。台風を警戒してどの家の雨戸も固く閉め切られているため、そのごま油の香りがどこから来るものかは分からない。しかしラジオの中継が切れ切れに受信されている。高揚した犬の長い鳴き声がする。物干竿にかかって忘れられたままの農作業用の白いシャツだけがはしゃぐ子供のように風に身を委ね、宍道のうつろな目を引いた。

もちろんそこに待子の姿はない。当たり前だ。他でもない自分が強引にエジプトへと行かせたのだから。我ながら現実感を欠いた話だと思う。だが澄伽の目が気になって、あの時は一刻でも早く少しでも遠く、待子と距離を置きたかったのだ。口実はなんでもいい。とにかくあいつを自分から遠ざけたかった。ああでもしなければ、どれだけ近づけないよう振る舞っても、どんどんこちらの懐へと入り込んで来る待子を自分は。

耳の端を強い風がかすめ、宍道はまたしても過敏な動きで視線を隅々に走らせた。天候がどんどん悪化している。雨こそ降っていないが、いつ降り出してもおかしくはなかった。一段と垂れ込めた雲が、このまま地面に覆い被さってしまいそうな勢いだ。昼でもない夜でもない、紫と白と灰色が混濁した奇妙な明るさ。カーンカーンという音が気圧に掻き回され、あちこちで鳴り響いているような錯覚さえ起こさせた。犬の遠吠え。警戒を促《うなが》すサイレンが腐りかけた木の電柱のスピーカーから突如、馬鹿でかい音量で鳴り響いた。

宍道は何故か早くなっていく胸の鼓動を感じながら、自分でもどこへ向かっているのか分からないまま足を速めた。川を挟んだ向こうで雨漏りでも直しているのか、屋根へ登り金槌を振り下ろしている男の背中が見えた。その黄色い合羽の裾が風を受け大きく膨らんでいる。

水滴が天から頰に降り注いだ。一滴だったそれはすぐに数え切れぬほどの雨粒になり、宍道の体を生温く濡らし始めた。山沿いの道へと出るうち、柔らかだった雨は次第にビー玉ほどの大粒となって楽器演奏のごとく皮膚を激しく叩き付けたが、宍道には雨宿りを思い付く気力もなかった。

山の向こうで空が低くうなる。十数秒の間。遠くで落雷。腹に伝わる地響きすらもただ茫然と受け流し、宍道は雨に打たれ続けた。髪に、衣服に、皮膚に次々と水が染み込んでいく。濡れたシャツが皮膚にべったりと張り付き、引き締まった胸板を生地ごしに透かせた。

「……待子？」

わずかに耳をぴくりと動かすと、宍道はそう呟いて足を止めた。さっきと同じように周囲へ目を配る。辺りには濡れた木々と、雨を弾く水田が広がっているだけだ。風に荒らされた稲が必死になぎ倒されまいと体を揺らしている。だが声を聞いた気がした。自分の名を呼ぶ、あいつの声を。

……気のせいなのは分かっていた。最近いつもふとした瞬間に、待子が自分を呼んでいるような幻聴が聞こえるのだった。「宍道さん」と。あの間延びした、少し舌のもたつくような喋り方。まっすぐに自分を見る目。屈託ない笑顔。それらが脳裏に浮かんでは消え、消えては浮かぶ。

待子がこのまま帰ってこなければいいと思う反面、必ずあいつは自分の言い付けを守り帰って来るという奇妙な確信があった。これまでどれだけ横暴な理由で殴りつけても蹴りつけても、夫へ尽くす待子の態度は一切変わらなかったのだ。痛めつける以外の目的で肌に触れてやったことなど、ただの一度もないというのに。

混乱する頭を振って、宍道は止めていた足を再びやみくもに動かした。畦道にできた水溜まりにも構わず、バザバザと裾を濡らし突っ切っていく。雨のぬるさと風の冷たさが混ざり合い、いとも心地の悪い空気が辺りを支配していた。まるで何もかもが中途半端な自分を暗示するかのような。雨が目に流れ込み視界を鈍らせた。ぬかるみが幾度も足をすくおうとする。だが、宍道がもはや歩みを止めることはなかった。待子の声が聞こえるのだ。自分の名を呼ぶ幻聴が。背中に絡みつくように。

「……静かにしろ!」

声が止む。そしてまた始まる。宍道さん、宍道さん、宍道さん、宍道さん、宍道さん、宍道さん。ふいに澄伽の顔が脳裏に浮かんだ。震えている清深の姿もよぎる。我慢できずくぐもった声をもらした宍道は自分の頭を両手でわしづかむと、ありったけの力を込めてぎりぎりと締め付け続けた。圧迫され悲鳴をあげる脳に、歯を食いしばり更に息んで力をくわえる。

「宍道さん……」

声が聞こえた。

今度は、幻聴ではなかった。

はっきりと温度を持った生々しい声に、宍道は背後から呼び止められていた。

「待子……」

振り返り、肩で息をしているびしょ濡れの妻の姿をそこに認め、宍道は思わずその名を呟いていた。

「あの……。帰ってきました。向こうに、雨が降ったので……」

待子は笑った。空全体に強い閃光が走った。低くうなり、爆発的な音量が地面に叩き付けられる。足元からピリピリと震動が伝わったが、それも宍道にとってはどこか遠くの出来事のように、少しも現実感を伴わなかった。あれほど鬱陶しかった妻の顔を見て、何故か心から安堵している自分に、宍道は初めて気付いた。

7

しとしとと、昼の荒れ狂った天候の残骸のような小雨が窓ガラスを濡らしている。

夜半過ぎ。居間の座布団に座した清深は先程から緊張した面持ちで、開け放された襖の奥に延びる廊下をじっと見つめていた。その手には裏表に文字がびっしりと書き込まれた白い紙。首には紐を新しくしたばかりの吸入器がぶら下がっている。柱にかけられた古い振り子時計がカチカチと均一に時を刻むリズムを、すでに三十分以上こうして清深は耳にしていた。

やがて、風呂場の方から戸が滑って折り畳まれる物音が鳴り、脱衣所で人の動く気配がした。少しして廊下を軋ませこちらにやって来るスリッパの音が台所の前で一度途絶え、再び近付いて来るのを聞きながら、清深は鼻から吸った息を深く肺に溜めた。

「お姉ちゃん」

気配が襖の前に来た頃合いを見計らい、うわずりそうになる声を喉から絞り出す。歩き過ぎようとしていた人物が驚いたように体を反応させ、首をこちらへひねった。

「……あんた、何してんの。こんな時間に」

居間を覗き込んだ澄伽はうろんなものを見る目つきで、テレビも付けず一人座布団に座っている妹にそう訊ねた。澄伽の二の腕までの色素の薄い髪が濡れ光り、しっとりと重みを含んでいる。髪の水分が体に触れるのを防ぐため、肩にはタオルが掛けられていた。キャミソールとショートパンツから出る無駄な肉のない長い手足は一時間以上の長風呂でほぐされているのがよく分かる。頰を少しほてらせながらもさっぱりとした表情で、澄伽はオレンジ色の液体が注がれた氷入りのグラスを手にしていた。

「あの……歌ができたから」

「歌?」

慎重に切り出そうとする清深とはまったく対照的に、い草のスリッパを脱いだ澄伽は軽い足取りで居間の扇風機の前まで移動し、屈み込んで『弱』と書かれた細長い楕円のスイッチを押した。バチンと大仰な音が居間に響く。

「この扇風機って直ったの?」

回り出した扇風機からの微風を近距離で浴び、髪を後ろへなびかせた澄伽はそれを知ることこそがまず優先だといった口調で訊ねた。

「ううん。とりあえず仏間のやつと交換しただけみたい……」

「そう」

『中』に切り換えられ、扇風機が風力を増す。

「で、なんだっけ。歌?」

更にもう一段階風力を強めながら、澄伽はさほど興味の感じられない様子で先程の会話に戻った。

「こないだお姉ちゃんが『あたしのいいところを百個並べて歌にしてこい』って……」

「ああ、あれ。できたの?」

「うん。何とか……」

オレンジジュースを口に含んだ澄伽は反対の掌を清深に向かって差し伸べ、指を内側に少し曲げてみせた。「見せて。それ歌詞でしょ?」

清深は持っていた紙をおずおずと姉に渡し、座布団の上に正座した体勢でおとなしく評価を待った。その頭に、力が抜けていきそうな軽いしびれを覚える。三日という期間内に姉への讃歌を作らなければならなかったため、昨夜風呂場で倒れて意識を回復してからはほとんど一睡もしていない。姉のいいところを百個列挙するという作業は並大抵のことではなく、下手な肉体的苦痛よりよほど辛いものであった。適当に書けば更にひどい仕打ちが待っているのは目に見えているので手を抜くわけにもいかず、脳を酷使し無我夢中でひねり出したのだ。そして何より人前で歌うということが清深のような人間にとってどれほどの辱めか知り抜いた上での、地味さとは裏腹に恐ろしく陰湿な嫌がらせだった。渡した紙が扇風機から風を受け、端を小刻みに震えさせているのを見ながら、清深は改めて姉の「人を絶望させる才能」にうちひしがれていた。

「……清深」

歌詞に目を通す姉の背中をこっそりうかがっていた清深は名を呼ばれ、思わず背筋を伸ばした。今度はどのように些細な失敗を大仰に指摘され、なじられるのか。息を止め、祈る思いで審判を待っていた清深だったが、その耳に流れ込んで来たのは意外にも「お姉ちゃん、あんたのこと許すわ」という聞いたこともない柔らかな姉の声だった。

「……え?」

清深は一瞬、何を言われたのかまったく理解できなかった。口を大きく半開きにさせたまま、膝を伸ばして立ち上がる姉を丸い目で見つめた。電源の切られた扇風機がみるみる勢いを弱め、静かになる。テレビの上に飾られた、待子が千代紙で折った不揃いな二羽の鶴が倒れていることに気付いた澄伽は、羽先をそっと指で摘んで直していた。

「……嘘でしょ?」清深の喉から、ほとんど息遣いに近い声が押し出される。

「嘘じゃないわ」

「……なんで？　お姉ちゃんのいいところいっぱい書いたから？」

澄伽は軽く首を横に振り、讃歌の書かれた白い紙を清深に戻した。「それとは関係ないけど」

「じゃあ嘘だよ。そんなの絶対嘘。ああ、そうか。あれでしょ？　そうやって安心させておいて油断したところを……」

「清深」。指で自分の下唇を強く潰しブツブツと呟き出した妹の言葉をさえぎり、澄伽は少し考え込む仕草をしてみせた。

「……ちょっとここで待ってて」

清深が何も言わぬうち、澄伽は持っていたグラスをちゃぶ台に置くとスリッパを履いて居間から出ていった。驚きで身動きの取れない清深の耳に、階段をぎしぎしと踏み鳴らす音が届き、少し静かになった後、扉を開け閉めする音が聞こえた。再び階下へと戻って来るスリッパ履きの足音に我に返った清深は、ようやく開けっ放しにしていた口を閉じ、乾いた舌の裏に溜まっていた微量の唾を飲み込んだ。いつの間にかずり落ちてしまっていた眼鏡を中指で押し上げる。目は時折思い出したようにせわしない瞬きを繰り返した。

居間に帰って来た姉は薄いブルーの封筒を手にしていた。畳を素足で踏みしめ清深の脇まで来ると、澄伽は立ったままそれをそっとちゃぶ台の汚れていない端に置いた。封筒の表面には家の住所とともに和合澄伽様と角張った文字が並んでいる。

「これ何……？」

「今日の午後、届いたの」

「……読んでいいの？」

「………」

澄伽は返事をせず飲みかけだったグラスを手に取り、黙って口へと運んだ。浮かべられていた氷が溶け出してオレンジジュースの色がだいぶ薄まっている。姉の視線を横目で気にしながら、清深はおそるおそるちゃぶ台へ手を伸ばし皺一つ付けないよう細心の注意を払って手紙に触れた。縦長の封筒は糊付けされている部分ではなく、上から数ミリのところをハサミできれいにカットされていた。自分の立てるカサカサと紙の擦れる音に緊張しながら、便箋を取り出しゆっくりと中を開く。紙面には急いで書きなぐったとおぼしき、やや右上がりの筆圧の強いボールペン文字がこのような文章をつづっていた。

『澄伽さんへ

今まで何通にも及ぶ手紙のやりとりを経て、僕は確信しました。

君は絶対に田舎なんかで埋もれるべき人じゃない。

いろいろなことが君の思うようにならなかったのは、周りの人間が君の特別さに気付かなかったせいです。君は何も悪くない。前回の手紙で大変だったこれまでの人生のことを包み隠さず書いてくれたけど、あれを読んで僕は君のことが嫌いになるどころか、ますます君ほど素晴らしい人はいないと確信を強めました。漫画が村中の人間にさらされるような目に遭いながら女優になることを諦めないひたむきな姿に感動すら覚えました。

やっぱり君は僕の思っていた通りの人です。僕は君みたいな人をずっと探していました。どん底の不幸を味わっているからこそ、他の人間には出来ない君だけの演技が絶対にあるはずです。世間知らずでぬくぬくと幸せに育ってきた人間の芝居なんて、僕は少しも興味が湧きません。

突然の話で驚くでしょうが、今度正式に映画のヒロインとしての出演を申し込みたいと思っています。文通をしながらシナリオを書いていくうちに、いつの間にか映画のヒロインと君のイメージが僕の中でぴったりと重なっていたのです。君のことは手紙で充分に理解しました。僕という人間のこともちゃんと伝えたつもりです。僕達は、直接出会っていた場合よりもずっと奥深く解り合えたと思います。

僕の好きな映画に「なんの意味もなく、人がこれだけ辛い目に遭うはずがない。絶対に君が辛い目にあっていなければならない必要があったのだ」という神父の台詞があります。まさしく澄伽さんのための言葉です。僕が思うに、君は女優になるためにこれだけの不幸を与えられてきたのではないでしょうか。今度の役は絶対に君しか出来ないはずです。君の代わりになる人間なんて、僕にとって存在しません。一緒に唯一無二の映画を作りましょう。いい返事を期待しています。

小森哲生』

「……だから、あんたとのことはもういいの」

縁側で雨に濡れる庭を眺めていた澄伽はそう言って振り返った。「映画なら観客の前じゃないから集中できるわ、きっと」

「…………」

清深はまだ何も言えず、手紙から視線を上げて姉の顔を見つめた。意識しているのか、姉にこれといった表情はない。澄伽は清深の手から封筒と便箋を抜き取ると、代わりに飲み干したジュースのグラスを握らせた。少量の飲み残しがオレンジ色の細い線となりグラスの底を内側から縁取っている。グラスに当たった姉の爪先がカチ、と固い音を立てた。

「清深」

「……何?」

「今まで八つ当たりしてごめんね」

廊下へ去っていく姉の後ろ姿を見送った清深はしばらくその場で茫然としていた。帰り際、姉の髪先に触れた人差し指にかすかな湿り気が残っている。やがて持たされたグラスを目線とともに下ろすと、清深は先程の姉の言葉を胸の内で反芻した。八つ当たりしてごめんね。姉がそんな言葉を吐くなんて。信じられなかった。あんな風に謝られるなど考えたこともなかった。姉はいつだって理不尽で攻撃的で身勝手で、自分を執念深く目のかたきにしていたのだ。

ふいにグラスを握る手に力が籠った。割ってしまうのではないかと思うほど強い力だった。動揺している。そう思った清深は混乱する頭を落ち着かせようと、固く目を閉じて深呼吸を繰り返した。吸って、吐く。吸って、吐き出す。しかし何度目かの深呼吸で大きく空気を吸い込んだまま突発的に歯をきつくかみ締めた後、清深は首を天井に向け、そのまま息を吐き出すことを止めた。三十秒ほどで胸に圧迫感を覚え、すぐに苦しくなる。だが鼻筋と口脇に深い皺を作りながら、清深は限界までその苦しさに必死で耐えた。顔を酸欠で真っ赤にし、手足から力が抜け意識が遠退きそうになる直前で我慢できず口を開け、ぜえぜえと肩を揺らした。

その後、色のない目で庭先を俯瞰していた清深だったが、短い呻《うめ》き声を上げて顔を両手で覆ったかと思うと、おもむろに座布団から立ち上がった。正座していたせいで軽くしびれている足を引きずって台所へと向かい、入口の暖簾を頭でかき分ける。

「…………」

食器棚の脇、すぐ側の電話台と向き合い、黒光りする受話器を強く握り締めた清深は、慣れ親しんだ番号を指先で回した。呼び出し音が数回鳴った末、回線が衰弱した女の声に繋がる。

『……もしもし？』

「……おばさん」

受話器を両手で覆うようにして持ち、悲痛に顔を歪めた清深は「……ごめんね。もう絶対にこんなことしないから」と絞り出すように告げると、一方的に電話を切った。子供の玩具らしき音がいつもより鋭い響きを含んで消える。受話器をつかんだままの左腕が呼吸に合わせて上下するのを、清深は黙って見下ろしていた。

「こんな時間に電話か、清深」

突然暖簾の先から声を掛けられ、驚いた清深は慌てて受話器から手を離して頷いた。

「うん。でも、もう終わった」

「そうか。終わったか。そうか」

気の抜けた笑い声を上げ、宍道はうんうんと顎を何度も引いた。そのどこか軽々しい仕草がいつもの兄らしくないことに気付き、清深は薄闇に目を凝らした。

「……お兄ちゃん、酔っぱらってるの？」

暖簾の向こうで、宍道の目の周りはのぼせ上がったように赤くなっているらしかった。額の傷口がアルコールのせいで充血し、横顔を余計に痛々しく見せている。傾きそうになる体を支え、踏み位置を変える足元は覚束なかった。

「いや、大丈夫だ。全然酔ってない」

「そう……」

大きく手を顔の前で振る宍道に形だけ頷きながら、清深は暖簾を潜った。兄から振りまかれる、ムッとするほどの酒の匂いで胸が焼け付きそうになる。よたつく宍道の脇を通り抜け階段の方へと歩き出していた清深は、途中で思い立ったようにその足を止め、兄を振り返った。

「……お兄ちゃん。私、お姉ちゃんに許してもらったよ」

「……いつ？」

宍道は赤らんだ顔をかすかに驚かせたようだった。

「今」

「……そうか」

さっきまでの軽率な雰囲気を一変させた宍道は、ほとんど聞きとれない声で呟いた。床に目を伏せてから、自分を見つめている妹に気付いたのか、白い歯をわずかにこぼし「折《せっ》角《かく》許してもらったんだから、これからは仲良くしろよ」と兄らしく言い添えた。

「うん」

強く答え、清深は頷いた。「もう絶対、あんなことしない」

その目の端に薄く涙が浮かんでいることを知った宍道が口を開こうとするより先に、清深はくるりと背中を向け二階へと去っていった。

「…………」

小さくなっていく階段の軋む音をぼんやりと聞いた宍道は、そのまま台所に入り、瓶ビールとグラスと冷蔵庫の脇にマグネットでぶらさげてあった栓抜きを用意した。平衡感覚を失った足取りで廊下に出、居間へと向かう。誰もいない部屋の電気は付けられたままだった。座布団を縁側の方へ足で蹴り滑らせた宍道は手にした瓶ビールとグラスをガチャガチャ鳴らし、その上にどっかりと腰を落ち着けた。座布団と一緒に舞い上がった白い紙が、壁際にある青竹踏みの近くまで飛んでいくのが視界の隅に入った。

酔いが回っているため何度も失敗した後、ようやくビールの栓を開ける。板張りの床に置いたグラスへ瓶を高い位置から傾けながら、宍道は琥珀色の液体が勢いよく落ちていく様子を虚ろな目で眺めた。狙いが外れ、グラスの外に少量がこぼれる。酒は座布団の下にじわじわと染み込んでいった。

「…………」

降りやまないガラス戸の外の小雨を肴《さかな》に、しばらくは舌の上に苦味を広げる作業に没頭した。すでに居酒屋で記憶できないほど飲んできた液体は、うまいともまずいとも感じなかったが、間を埋めるように少しずつ胃に流し込んだ。部屋からもれる明りを受け、雨にそぼ濡れた庭石が表面を艶めかせている。鍵のかかっていないガラス戸に手を伸ばし脇へ滑らせると、ほんのわずかに心地のよい風が入り込んだ。庭には蝉《せみ》に混じって涼しげな声色で鳴く虫もいるようだった。

「……宍道さん」

グラス一杯を空にする頃、後ろから声をかけられ、宍道は酔いの回った上半身を緩慢な動作で振り返らせた。

「……なんだ、お前か」

襖の奥に立つ寝巻き姿の人影を見て、吐き捨てる。

「あの……私も一緒にいいですか？」

待子は宍道の手元をのぞき込むようにしておずおずと訊ねた。その手にすでに自分の分のグラスが用意されていることを知り、苛ついた宍道は顎を廊下へとしゃくりかけたが、途中で動きを止め、もうほとんど残っていないビールを口元へ運びながら無愛想に答えた。

「好きにしろ」

「はい」

待子は声を弾ませ、ちゃぶ台の側から座布団を持って縁側に陣取る宍道の傍らにいそいそと腰を下ろした。やけに膨らんでいると思った、くびれのないゆったりした寝巻き用のワンピースのポケットから柿の種の小袋を三つ、自慢げに取り出す。座ったまま畳の上に転がっていたティッシュの箱に手を伸ばし、震える指先でなんとかティッシュの端をつかんだ待子は、それを床の上に敷くと「えい！　えい！」と呟いて袋を開け、柿の種をうずたかく盛り上げた。

自分のグラスに手酌しつつその様子を見ていた宍道は、一仕事終えた嫁へ黙って瓶の口を向けた。待子はきょとんとした表情でしばらくその先を見つめていたが、「あ」と声を上げるとグラスをつかんで掌を底に添え、慌てて瓶の先に差し出した。

「すみません……」

注がれるビールの音を聞きながら、待子はどこか嬉しげに頭を下げた。心持ち緊張した様子で頬を上気させ、ちらちらと宍道の表情をうかがっている。宍道は仏頂面のまま何も応えず、瓶を傾けている方とは逆の手でビールをあおった。入れ過ぎてしまい、グラスからあふれた泡が待子の手に少し垂れる。

「じゃあ、いただきます」

待子は唇を思いきり前に突き出し、何故か目を中央に寄せ、頭がグラスに近付いていっていることに気付かないのかずいぶんと低い体勢でビールをちびちび舐め始めた。まるで二人羽織でもしているかのような不可思議な嫁の姿を横目に、宍道も黙ってビールをすすった。

「……で、どうだったんだ。エジプトは」

柿の種をかじっていた宍道がほとんど義務といった口調でぼそりと訊ねた。手元に夢中だった待子は急いで喉を鳴らし口からグラスを離すと、「エジプトですか？　暑かったですよ、すごく。さすがエジプトって感じでした。あと何ですかね……あ、川がありました！」と目を輝かせて答えた。

「ああそう……」

「大きいんです。信じられないくらい大きな川なんです」

「だろうな」

「あとは……雨が降りました！」

満足げに告げた待子は興奮したのかビールを大きくあおった。口端に一筋、なめくじでも這ったかのような濡れた線が光っている。

「そうか……。すごいな、お前は」

崩した柿の種の小山を指の腹で平らにならしていた宍道は顔を上げようともせず、抑揚のない声で呟いた。「うらやましいよ」

「うらやましい？　宍道さんが私を？」

聞き返す待子を無視し、宍道は眉間にかすかな皺を寄せたまま、一粒の柿の種を指でこねるように弄び続けた。

「お前、悩みなんてないだろ」

「そんなことないですよ」

「ないよ。お前には」

「あります。私だって悩みくらい……」

身を乗り出して言いかけていた待子は、そこで不自然に口を噤《つぐ》んだ。奇妙に思って顔を上げると、さりげなくこちらから目をそらす妻の姿が見え、宍道は話題の深入りを避けてゆっくりと手元に視線を戻した。妻の悩みに心当たりがあるどころか、まぎれもなく原因を作っている自覚のある宍道は、無言の圧力で強引にその気まずい空気をはね除けた。待子は未練がましい態度をにじませてはいるものの口ごもったまま何も言ってはこない。しかしたとえ宍道の対応が柔らかかったところで三十一歳にして男性経験がないという待子にとって「なぜ自分を抱かないのか」という質問はいずれにせよ口にできない問題に違いなかった。

「………」

庭先で続いている、ぱらつく小雨の音にしばらく二人は耳を傾けていた。待子はうつむいてグラスの丸い縁に指を何度もなぞらせ、宍道は居間の明りに引き寄せられ網戸に張り付く緑色の細い虫の腹部を眺めていた。

長い間、宍道の指先で弄ばれていた柿の種が亀裂を走らせ、とうとう真ん中から折れた。小さな欠片のいくつかが音を立てて床に散らばる。一粒は横座りしていた待子の膝元でたるむスカートの中へと飛び込んでいった。

宍道はまだ少しビールが残ったグラスを静かに床に置くと、あぐらをかいていた足を崩し座布団から立ち上がった。関節が小さく鳴る。薄いベージュのズボンを辿って夫を見上げた待子の表情は今にも泣き出しそうに崩れていた。

「宍道さん」

廊下を目指して床から離れた右足に向かって、待子は声を掛けた。しかし足の止まる気配はない。もう一度、今度ははっきりと自分の意志を、先程無言で拒否されてしまった女としての要望を声に含ませ、待子は夫を呼び止めた。

「宍道さん」

無理だ――待子の言わんとすることをひしひしと肌で感じながら、宍道はより一層強い拒絶を背中で表した。澄伽との関係がある以上、応えられるはずがなかった。自分はあいつの他に誰も必要としないと誓ったのだ。そう己の中で言葉にし、振り向きもせず居間を去ろうとした宍道の背後で、予想だにしない慌ただしい気配が起こった。ものすごい勢いで駆け寄って来る足音に驚いて宍道が首をひねろうとするより先に、二本の手が背中にしっかりと巻き付き、その動きを強引に奪ったのだった。

「離れろ！」

宍道は必死でもがいたが、腰回りにきつく回された女の手が外れることはなかった。ますます力強く宍道の腰にしがみついた待子は、居間に引きずり込もうとがむしゃらに夫の体を後ろへ引っ張った。柱にかけられた振り子時計が震動でガタガタと揺れる。宍道は入り口の柱に両手を掛け、懸命に足を前に動かした。だが酒と疲労のせいで思うように力が入らない。手のどこかが側《そば》にあった電気のスイッチに当たり、蛍光灯の白々しい明りに照らされていた部屋は一瞬で暗闇に変わった。

そのことに気を取られた拍子に、待子が一気に宍道の体を居間へと引き、ほとんど宙に浮きながら二人は畳の上に倒れ込んだ。籐の枕とおぼしきものが宍道の腰の下に当たり鈍痛が走る。畳の青い匂いが鼻孔から体内に入り込んだ。転んだ衝撃でお互いの体が離れた隙を突き、宍道はすかさず上に覆い被さろうとしていた待子の肩を思いきり押し退けた。待子にぶち当たられて揺れた壁の表面からパラパラと砂がこぼれ落ちる。ピンで留めてあった酒屋のカレンダーが勢いよく落下する音を聞きながら、宍道は体力を消耗しきった手足でどうにか畳を這いずり廊下を目指した。だが少しも進まぬうちに、背中の上にまたしても女の体重がずしりとのしかかってくる。耳元に熱い息。渾身の力を振り絞って宍道はその重みを畳に振るい落とした。しかし、またすぐに待子は覆い被さってくる。どれだけ遠ざけても、何度も何度も待子は全力でしがみついてくるのだ。どちらのものとも分からぬ汗がボタボタと畳に染み込んでいき、衣擦れの音と二人の乱れる呼吸だけが薄暗い居間の中で応酬していた。

やがて上になり下になり揉み合ううち、待子の唇が強く押し付けられ、宍道の口を塞いだ。引き離そうと髪をわしづかむ手をものともせず、待子は宍道の頭をがっちりと両腕で固定し離れなかった。宍道の拳が、待子の脇腹に殴打を叩き込む。それでも唇は重なり合い、汗ばんだ肌と肌は音を立てて密着した。呼吸ができず鼻息を荒くした宍道の肺にむかつくほどの蒸れた空気が入り込んで来る。激しい殴打を繰り返しながら、宍道はいまいましげに掌を待子の胸の膨らみに押し当て、吐き捨てた。

「畜生……ッ！」

乱暴な手付きでワンピースの裾をたくし上げる。縫い目が裂け、引き千切れたボタンが畳の上を転がっていくのが分かった。揉み合いで擦り剝けたのか、あちこちから出血しているらしい待子の肌をやけくそにまさぐった後、宍道はそのくびれのない体を思いきり抱き締めた。どこかの骨が大きく軋む音を聞いた気がした。

8

田丸《たまる》待子はこの世に産み落とされた瞬間からすでにマイナスの人生を歩き始めていた。捨てられた場所が何のひねりもない定番の駅内コインロッカーというところからして、それはくつがえしようもない事実だった。落ちていたエロ雑誌を数分前まで事務所で読んでいた、鉄道警察隊員のスナック菓子油でベト付いた手に取り上げられた時こそが、ありがちではあるが待子にとって真の誕生の瞬間というべきものだったのである。待子は母親の子宮ではなく東京都葛飾区のコインロッカーから真冬に生まれた子供だった。

その後、施設に引き取られた彼女の人生は常に「一番最悪のちょっと上」という状況の連続であると言ってよかった。牢獄よりはちょっとマシな養護施設。苛められるよりはちょっとマシな扱い。無学歴よりはちょっとマシな教育環境。風俗よりはちょっとマシな労働内容。彼女の生い立ちを語るには、至るところで「不幸中の幸い」という言葉を使用しなければならなかったが、待子は「水は砂漠で飲んだ方が美味い」なる発想の転換を、一種の防衛本能により思考の基本において生き延びた。苦しいからこそ助かった時に生まれる小さな幸せを、脳内で最大限に増幅させる術を彼女はいつの間にか身に付けていた。自分にはマイナスをゼロにする以上のことは不可能だと、愚鈍ながら無意識レベルで早々に承知していたのである。

不幸ありきの幸せ。

待子にとって不幸になることとは幸福になることとほぼ同意語と言って良かった。

そんな彼女が八歳になった時、佐田彰《さたあきら》という男が養女として待子を引き取りたいと施設に申し出たのだった。

男は銀縁眼鏡と一番上まできっちり留められたシャツのボタンが神経質な印象を他人に与える、青白く瘦せ細った人物だった。一緒に生活するようになってからも待子が実際その印象を裏切られることはなく、佐田は少しでも行動の順序や段取りが狂うと何度でもやり直すほどに神経症的な面を日常のふしぶしで垣間見せた。

数年前から寝たきりの母を持つその独身中年は、県営の歴史博物館に勤務しており、自らも郷土史研究を趣味としていた。彼の家には古い文献に混じって古美術や骨董品が沢山あったが、それらを収めた小さな蔵には決して入らないようにと幼い待子はしつこいほど厳重な注意を受けたのだった。

家に連れて来られたその日から、佐田は歳老いた母親の看病を甲斐甲斐しく務める一方、日本各地にまつわる言い伝えとも民話ともつかぬ話を待子に夜な夜な語って聞かせた。特に彼が好んだのは「人柱」をモチーフにした逸話で、村を疫病や災害や飢饉から救うために生きたまま柱にくくり付けられ地中に埋められる少女の姿を何度も興奮して褒め讃えた。佐田の話に出て来る少女達はみな自らの死を潔く受け入れ、引き換えに皆の命が助かることを喜びながら死んでいく者ばかりだった。

そして、待子が養子に迎えられておよそ一ヵ月が経った頃。

日増しに容態の悪くなる老女の面倒を付きっきりで見るため、佐田は博物館をほぼ一方的に退職した。病種は末期まで進行した膵臓《すいぞう》がんだったらしく、余命をはっきりと宣告された母を今更医師の抗がん剤治療に委ねる気など毛頭ないと男は考えているようだった。

「待子、ちょっと大事な話があるんだ」

血の繋がらぬ祖母の体調がいよいよ悪化した朝、家の前を寒そうに通学していく小学生達を窓から眺めていた待子は、佐田に蔵へ来るよう命じられた。彼女の小学校への編入手続きは未だ取られていなかった。少し落ち着いたらという話が最初に出たきり、その件については一切触れられずにいたのである。その頃の佐田の顔色は床にふせった母親と同じく生気を失った土気色をしており、目だけがギラギラと異様に鈍い光を放っていた。それが追い詰められた人間特有の、切羽詰まった執念に満ちた光であることなど幼い待子は知る由もなかった。

「人柱になりなさい」

昼間でも薄暗く、カビや埃《ほこり》臭い蔵へ初めておずおずと足を踏み入れた待子に、佐田は当然のように告げた。その声にためらいや不安や謝罪の念などは一切見えず、あるのは早くしなければという焦りとこの儀式さえ済めばという盲目的な確信のみであった。初めからこのために自分は引き取られたのだ。ようやく待子は佐田の計画の全貌を理解した。

「母さんのためだ。いいね」

つかまれた腕を待子は振りほどこうと無我夢中で暴れたが、大人の前ではどうすることもかなわなかった。佐田は興奮を抑え切れない表情でずるずると待子を蔵の奥へ連れて行き、ぽっかりと口を開けた大穴の前へと引きずり出した。コンクリートの床を一部壊してまで掘られたその穴の横には、深さと同じだけの土がうずたかく盛り上げられていた。

「のぞいてごらん」

頭を強く押さえ付けられたまま、その暗い穴をこわごわ見下ろすと、底からよどんだ冷気がゾワゾワと待子の頰を撫であげた。湿った土の匂いが鼻孔に滑り込み、ここが死んだ者を無に帰す場所なのだとはっきりと告げていた。

逃げなければ。穴が自分を埋めるために用意されたものだと知った待子は一瞬の隙を突いて佐田の体を突き飛ばし、蔵から転がるように飛び出した。一刻も早く人柱を捧げるため、食事も睡眠も取らず穴を掘り続けていた佐田の体力はほとんど消耗したままのはずだ。そう思い、待子は全力で走った。しかし最後の力を振り絞り、耳をつんざくほどの怒号を上げながら追い掛けて来た男から逃げ切ることなど到底不可能な話だった。

「分かってないな。孤児のお前が生き長らえたところでこの先に何がある。苦労するだけでいいことなんか全然ないに決まってるだろう。お前が死んで悲しむ家族もいないのに、何をあさましく期待してるんだ。いいか。私には分かる。お前の人生は死んだ方がマシなくらいひどい。最悪に底辺だ。だから期待しても無駄なんだよ。期待するだけ絶望する人生なんて嫌だろう？　なあ、そんな辛い思いをするくらいなら誰かに必要とされて死ぬことの方が何十倍も素晴らしいと思わないか。お前のお陰で母さんが苦しみから解放されて幸せになれるんだ。私だって母さんのためなら喜んで死ねるさ。だけど人柱として捧げるのは処女じゃなくちゃ意味がない……これがどういう意味か分かるね。諦めなければいけない人間っていうのは最初から決まってるんだよ。お前はそれに選ばれた人間さ。お前にとって、諦めることがこの世で一番幸せなことなんだ。……分かっただろう。お前は母さんのために死ねる。母さんがお前の代わりに生きてくれる。お前は幸せな子供だよ。感謝して諦めなさい」

突き立てられた柱にしっかりと結ばれた待子の頭上へスコップで土を掛けながら、佐田の舌は休むことなく機械的に、狂信的に動き続けた。やがて土が顔面にまで達し呼吸ができず意識がもうろうとなっても、男は待子に話しかけることを止めなかった。佐田の殺人に対する罪の意識が、どうしても待子を母の生け贄として選ばれた幸せな子供に仕立てあげたかったのだろう。男の声を聞きながら待子がそのまま気を失い、次に目を覚ました時。

そこは、病院のベッドの上だった。

見知らぬ刑事から受けた簡単な説明によれば、待子を人柱にした佐田が寝室に喜び勇んで駆け付けると、義理の祖母はすでに事切れていた後だったという。ショックで半狂乱状態から正気に戻った佐田が、埋めた待子をすぐさま掘り返し自分で救急車を手配したのだった。

生還。

幸か不幸か、またしても待子は神の試練に辛くも勝利したのである。

刑事が帰っていくのをベッドの上で見送りながら、まだ八歳の少女である待子はその未発達な頭で漠然と思った。自分は諦めたから、助かったのではないかと。穴に埋められていく最中、孤児の待子には佐田の言っていることがよく理解できた。諦めることが幸せで、諦めないことが罪深い。馬鹿でも分かるその単純明快な答えを、待子はどこか気に入りさえした。

生き延びた彼女にとってその後は諦めたところから始まった第二の人生だった。と言っても決して投げやりな、後ろ向きな諦めではない。自分の身に起こるあらゆることすべてに疑問を持たず、素直な気持ちで受け入れるというだけだった。

再び施設に戻った彼女にその後も二度と養子縁組の話は来なかったが、待子にはそれも仕方のないことなのだろう、と思えた。中学を卒業した時点で女子寮を完備した埼玉の缶詰工場に就職し、十五年間世話になった施設を後にした。その後も工場倒産、借金の肩代わり、詐欺商法被害、アパートの火事……。

様々な災難に見舞われながらも最悪の状況だけは常に免《まぬが》れ続け、気づけば待子はラーメン屋で三流タレントを見たことが人生最大の自慢という、薄幸としか言い様のない女になっていた。結局、男と付き合う機会には一度も恵まれなかった。好きになっても相手にされなかったし、そもそもそういう自分をすべて受け入れられたのだった。

だが、三十一歳の誕生日を迎えた朝、このまま一生独りでいるのかとふと気になり、待子は結婚相談所を訪れてみることにした。行っても行かなくても巡り会う時は巡り会うし、巡り会わないのならば巡り会わないのだろう。その程度の考えだった。

「ええと、我が社のコンピュータが会員三万人の男性の中から田丸様にピッタリだとお選びしましたお相手は、吉岡栄吉《よしおかえいきち》さんと和合宍道さんのお二人ですねー」

慣れた手付きでモニターを操作していた若い女性は金融機関のCM嬢が一様にそうであるように、不自然なほどの笑顔とやたらハキハキとした喋り方で待子に告げた。

「今プロフィールの方をプリントアウトしましたからどうぞー」

人の良さだけが取り柄の孤児に相応しい旦那様を、この『結婚相談所・エンジェルクラブα』は約十分でパソコンから導き出してくれたのだった。

「あの……この二人って言うのは……」

「ああ、それはですね。田丸様の出された条件と男性の方で出された条件が一致しまして、なおかつ先程記入して頂きましたアンケートを元に統計した相性診断で高いパーセンテージが導き出された方をコンピュータが選出した結果なんですよー」

「はあ」

早口で紡ぎ出される説明に分かったような分からないような表情で待子は頷いた。

「とにかく、いいってことなんですね」

「もちろんです！」

何がそこまで彼女を張り切らせるのか、女性アドバイザーは胸を叩いて言い切る。「我が社の相性診断は絶対ですから！」

「そうなんですか……」

「ええ。田丸様には、私が全力でいいお相手を見つけて差し上げますからご安心下さい。大丈夫ですよ。このお二人のうち、特にこちらの和合宍道様の方はコンピュータで九七・四パーセントの相性率という結果が出てますし……過去最高ですよ、こんな数字！　よっぽど相性がいいんでしょうねぇ。それに向こう様の出された条件も田丸様にあつらえたようにピッタリですし、うん、絶対悪くないと思いますよ。いかがですか？　もしお気にいるようでしたら、とりあえず一度だけでもお会いになってみては」

敬語の中にくだけた口調を織り交ぜながら丁寧さと親しみやすさを演出するアドバイザーに促されるまま、待子は手元の用紙に目を落とした。身の程を知っている自分の出した相手の条件など「日本人」という制限くらいのものである。おそらく男性側で孤児の三十路女を問題外としてふるい落とさなかったのがこの二人だけという「結果」なのだろう。タヌキの瀬戸物に酷似した脂ぎった吉岡栄吉（五十六歳）のプロフィールを、分かっていた失望と入れ違いに待子はそっとテーブルの隅へ追いやった。

「どうですか？　そちらの男性は」

言われて視界に入れた二枚目のプロフィールには、ポケットに両手を突っ込んでぶっきらぼうに佇んでいる男の写真が添えられていた。趣旨を完全にはき違えているのか、挑むような目つきでこちらを睨み付けている潔い坊主頭のその男は、薄い顎髭を生やしているため、正装のスーツがまるでヤクザの着こなす黒服に見えなくもない。年齢は二十七歳、待子より四つ歳下。端正というには線の細くない顔付きで、背も高く、なぜこんな相談所にと思うほど精悍な若者だったが、その理由はアドバイザーに聞かなくともはっきりしていた。

青年の額右半分に盛り上がる、写真ですら思わず目を背けたくなるほどのグロテスクな傷跡。備考欄には「事故のため」とだけそっけなく記載されていた。その傷口は写真という二次元であるにもかかわらず、見れば見るほどゼリー状のものに包まれた生き物が中からズルリと這いずり出て来そうな生々しさをかもし出していた。結婚相手が見つからぬのも無理もない。彼が希望する「こちらに移住可能な女性」という条件を見ながら、待子は首を振って納得した。

住所は、赤戸前村という表記までで終わっている。おそらく番地がなくても名前だけで郵便物が届いてしまうような小さな村なのだろう。過疎村に住む青年が都会で嫁を募集するという番組なら何度か目にした記憶があるが、これで相当数の女性が彼を結婚相手の候補から外したことは間違いなかった。

しかし、実家も持たず都会に少しの執着もない待子にとって、山奥の村で生活することはなんの苦とも感じられなかった。それどころか、ちょうど自分のような女は田舎で隣人と醬油を貸し借りするくらいが分相応なのではないかと考え始めていたほどである。都会には疑うことを知らない人間を利用しようとする輩が多過ぎる。過疎村に嫁入りなど、まさに天涯孤独の身の上の自分にピッタリな環境ではないか。そう思いながら彼の提示する最後の条件を目にした時、待子は和合宍道との結婚を迷うことなく決意した。

写真の中にいる目つきの悪い若者の顔を、改めてまじまじと眺め返す。

「家族を何よりも大事にできる女性」

赤い太字により、その最後の一文は最重要事項として強調されていた。

「こらー!」

照り付ける陽射しの下、やかましい声を出して庭先をどたばたと走る待子を居間から眺めながら、清深は何故か憧れにも似た不思議な気持ちを抱いている自分に気付いていた。待子の振り回すほうきから逃れ、父親が幹のゆるやかな曲線を気に入っていた松に爪を立てて飛び付いた猫は、軽い身のこなしでどんどんと先の方へよじ上っていく。耳に鉤裂き《かぎざ》きのような切り込みを入れ、目の周りを大量の目ヤニで彩った、汚れ過ぎて白とも茶とも判断つかない猫。両親の葬式の時にも庭先へ現れた猫だった。

「降りて来なさい！」

短い靴下に踵《かかと》の平らなサンダルを履いた待子は、爪先立ちで懸命にほうきを伸ばし、ちょいちょいと猫を突ついていた。猫が松の幹の表面を剝がしながら更に上へと移動して二股に分かれた枝元に身を落ち着け、馬鹿にするかのように待子を見下ろす。待子は悔しそうに両手で松を揺すって「落ちろー」と叫んでいた。

何があったか知らないが、ちょうど自分が姉に許してもらったあの夜から、待子は前にも増して元気になっていた。バイトを辞め、家で夏休みの宿題に取り掛かることにした清深は、居間に降りて来るたびに彼女の大人とは思えぬ無邪気さを目の当たりにし、改めて義姉という人間の単純な思考回路に驚かされた。当初はその無神経ぶりに散々わずらわしい気分にされていたというのに、いつの間にか「義姉のように生きられればみんな幸せだろう」とさえ考えるまでになっていたのだ。

今もこうして本気で猫を追い掛ける姿に国民的アニメのキャラクターを思い出しながら、清深は小さく溜息を吐いた。ちゃぶ台に広げているノートの中の数式は「$x-y+1=0$, $x+\sqrt{3y}$」と書いたところからまったく進んでいない。知らないうちに手の中のシャーペンが数式の終わりに解読不明な線を引いていたことに気付き、清深は脇に置いていたパンパンに膨れたペンケースのチャックを開けた。定規、修正ペン、カッター、スティックのり、サインペンと順にちゃぶ台の上へ散らかしていき、ようやく消しゴムを発見する。線をきれいに抹消した後、シャーペンと人差し指の間に親指を折り込んだ独特の持ち方をしている自分の左手を、清深はじっと見下ろした。

その視界の端に、怖いお面が入り込む。シャーペンをノートに転がした清深は、その木でできたずっしりと重い面の妙にリアルな目玉を指で撫でた。全体を黒く塗り潰され、笑っているような口と大きく見開かれた目の回りを白、赤、青色と不気味に色塗られた、とても飾る気など起こらない面。そのおどろおどろしい物体は、つい先程待子が忘れていたと言って清深に渡してくれたエジプト旅行のお土産だった。バッグの底で潰されていたのか、皺だらけの茶色い紙袋に「voodoo shop」と擦り切れた文字で印刷されていることなどまったく気付いていない様子の待子は「きよちゃんが好きそうだったから」と笑顔で、この無視し難い邪気を発する面をくれたのだった。「ブードゥー教はエジプトに関係ない」と言いたいところを押し止め、清深は姉に貰った猫のぬいぐるみがしまってある箱に一緒に入れようと考えながら、黙ってそれを受け取った。

「冷たい！」

突然甲高《かんだか》い嬌声《きょうせい》が上がり、清深は面に固定していた視線を庭先へと戻した。

最終的にまたしてもホースを使い、どうにか猫と決着を付けたらしい待子が頭から水浸しになって縁側へと帰って来るところだった。もともと耳辺りまでしかない緩い天然パーマの巻き具合が心なしかきつくなっている。上に向けた水が全部自分に落ちて来たのか、と推測している清深の側まで来た待子は、サンダルを履いたまま縁側に腰を掛けながら「きよちゃん。ちゃんと追っ払ったからね」とくったくない笑顔で告げた。

「……大丈夫だって言ったのに」

そう答えるのも聞かず、待子は上半身を思いきりひねり、清深の顔をまじまじとのぞき込んだ。

「まだ辛そうね。夏バテ」と眉をしかめてみせる。

「そんなに心配しなくていいよ」

病院にでも連れていきかねない声音に、清深は慌てて答えた。「ちょっと調子が悪いだけだから」

「そう？　無理してない？」

「うん」

「あんまり我慢しちゃ駄目よ」

まだどこか心配げな眼差しで石段の上へサンダルを脱いだ待子は「宍道さんもますますやつれたみたいだし……思いきって今夜はウナギにでもしようか。きよちゃん、ウナギ平気？」と畳の上を扇風機の方へ膝歩きしながら訊ねた。

「うん」

「澄伽さんも大丈夫かしら」

「うん、好きだよ」

義姉が長い靴下を足首までクルクルと丸めて短くはいていたという事実にショックを受けつつ、清深は答えた。そんな気持ちになどまったく気付いていない待子は嬉しそうに顔をほころばせ、「良かったわね、きよちゃん。澄伽さんと仲直りできて」とまるで自分のことのように喜んだ。

「そうだね」

「やっぱり人間素直にならなきゃ駄目よ」

心なしか実感のこもった口調で力強く断言した直後、廊下を通った宍道の姿を確認した待子は慌てて立ち上がり、そのままどたばたと居間を出て行った。

「……素直になる」

口の中でそう繰り返してから、転がっていたシャーペンをゆっくりと拾い上げた清深の耳には、玄関先で仕事を休むよう引き止める待子と、それを邪険にあしらう兄の怒鳴り声が飛び込んでいた。

その日の深夜。

どうしても寝付けずに喉の渇きを潤そうと階下へと降りて来た清深は、居間の中で行なわれている濃厚な絡み合いの気配を背に、一歩もその場を動けないでいた。心臓が信じられないほど激しく脈打っている。……十秒。……二十秒。ようやく少しだけなだらかになった心音を確認した清深は襖に背を付けた恰好で首だけをひねり、見つからぬようそっと室内をのぞき込んだ。

電気の消されている居間に目を細める。庭から差し込んで来る明りだけが頼りだったが、今夜は月がまだらな雲に覆われているため、室内はまるで調整中の照明に翻弄されるかのようにその明度を刻々と変えていた。

淡い光の中で、清深はうごめく二つの人影を見た。

反射的に首を引っ込める。速まる鼓動を抑え、唾を呑んだ清深はもう一度ゆっくりと中をのぞき直した。

二つあったはずの人影が一つになっている。いや、正確に言えば一つに合わさっていた。複雑なシルエットは、どうやらちゃぶ台に腰掛けた大きい方の人物の膝の上に小さい方の人物が横座りしている形らしかった。夕食後に待子が新しくしていた蚊取り線香の匂いが鼻先に漂う。無意識に心が落ち着くその煙を深く吸い込んでいた清深の耳に、女の忍び笑いが飛び込んで来たため、またしても心臓は大きく跳ね上がった。

「ねえ、そういえばあたし、今日待子さんにすごいエジプト土産貰っちゃったのよ」

重ね合わせていた唇を突然離した澄伽は、両手を宍道の肩に置いたままおかしそうに身をよじった。喋るのに合わせ、畳から浮いた白い足先が宙に揺れている。

「……なあ、別の部屋に行かないか」

澄伽の声の大きさを気にして、宍道は開いた襖の方へちらりと目を走らせた。一瞬清深は見つかったのかと思い身を縮めたが、兄には分からなかったらしく、すぐに姉へと顔を戻した。「危なすぎるだろ」

「ねえ、なんだと思う？　お土産」

「…………」

声のボリュームを上げた澄伽に、宍道は弱々しく首を振った。「……思いつかない」

「呪いの人形よ」

思い出したのか澄伽はそこで堪え切れずに吹き出し、右手で兄の肩を数回叩いた。目尻を指先でぬぐい、自分の額を宍道の額に密着させる。「可愛かったからって言ったのよ、あの人！　呪いの人形のこと可愛いって！　すごいセンスよね」

「……あいつ、ちょっとおかしいんだよ」

「そうね」

まだ声に笑いをにじませ、宍道の坊主頭を愛おしそうに撫でながら澄伽は頷いた。「おかしいわ、あの人」

それから少しの間、澄伽は反らせるようにした掌を宍道の頭全体に滑らせ、毛先の固い感触を愉しんでいた。絶え間なく揺れる足の下の影が大きく動き、清深のすぐ側まで伸びては引いていく。

「お金を置きたくなるわね」

髪に触れたまま、澄伽は言った。

「……頭に？」

「レジの横にあった受け皿にそっくりなの」

「……そうか」

宍道は言われていることがいまいち理解できないといった様子で、曖昧な相槌を打った。構わず髪を引っ張るなどして遊んだ後、ふと足の揺れを止めた澄伽は、胸を兄の顔に押し付けるように腕を伸ばし、ちゃぶ台の上から何かを拾い上げた。廊下にいた清深は思わず目を凝らしたが、月の前を流れる雲が二人の体に次々と複雑な影模様を落とし込んでいくため、結局それが何であるかまでは確認できなかった。

清深が乗り出していた体を戻した次の瞬間、『ギギギ』とまったく唐突に、耳に不愉快な固い音が辺りへ響いた。

「ちょっと待て。お前、何する気だ」

宍道が呻くように声を出す。雲の隙間からのぞいた月灯りが庭にやんわりと差し込み、澄伽の手に握られた文具を照らし出した。清深が昼間置き忘れた、カッターナイフ。薄型のその切っ先は、宍道の喉元数ミリの位置にしっかりと突き付けられていた。

「お兄ちゃん、最近おかしいでしょう」

撫でていた手を止めた澄伽が、低くうすら笑いながら言った。

「……何だよ、急に」

唾を呑み込んだ宍道の喉仏が、カッターすれすれに上下する。

「……あたし以外の女と」

ギギギ、と刃の面積を拡大させ、

「待子さんと」

漂わせていた笑みを完全に消し、

「やった？」

澄伽はゆっくりと訊ねた。

「やったって、お前……」

「寝たの？」

笑い飛ばそうとした宍道を澄伽は鋭い口調で黙らせた。張りつめた沈黙が居間に降りる。

やがて顎を引きカッターに目だけを落とした宍道は、痰の絡まった擦れ声をどうにか喉の奥から絞り出すと、「そんなわけ、ないだろ」と否定した。

「本当に？」

「……ああ」

「あたし以外、必要じゃないのね」

「……ああ」

刃先を警戒しつつ、宍道は緊張した面持ちで答えた。そのこめかみにはうっすらと汗がにじんでいる。少しの間、澄伽は兄の顔の上に流れて行く影を強い眼差しで追っていたが、納得したのか突き付けていたカッターをスッと外した。宍道の口から小さく息がもれる。襖の裏でうかがっていた清深もまた、いつの間にか自分が呼吸を止めていたことに気付き、密かに息を吐いた。

「だけど、お前。文通の相手と……うまくいってるんだよな」

カッターの刃をしまう澄伽の白い横顔を目だけで見上げ、宍道は言いづらそうに訊ねた。

「だから何」

「何って」

宍道は明らかに一瞬ひるみかけた様子だったが、弱気になる自分をどうにか奮い立たせ、その先をそろそろと口にした。「だったら、もう俺の役目は……」

「**駄目よ**」

ギギギ、とあの不愉快な音が再び鋭く響く。

「だってあたしのことを必要としてるのは、お兄ちゃんの方でしょう?」

今度こそ喉元に軽く食い込んだカッターの刃先を感じながら、宍道は観念したように力なく目をつむった。「……ああ、そうだ」

「もう二度と今みたいなこと言わないでね」

澄伽はカッターを突き付けたまま、じっくりと食するように兄の唇に吸い付いた。

「…………」

廊下にいた清深はのぞかせていた首を慎重に戻し、早く自分の部屋へ戻らなければ、とようやく遅い決断を下した。……両親の事故を目撃してしまった時と同じ感覚がある。胸の奥底へ沈めていたものが浮き上がって来ようとしている。**秘密。家族の秘密。絶対に口外してはいけない秘密。忘れなければ。**

言うことを聞かない体を必死で動かし、階段の方へどうにか向きを変えたその時、素足の裏で床板が軋み、清深は思わず息を呑んだ。

「今の何？」

いぶかしがる姉の声が聞こえ、悲鳴が出そうになるほどの緊張が清深の全身を一気に呪縛した。足がすくんで襖の脇から一歩も動けない。口の中からは瞬時にして水分が失われた。どうしていいか分からず混乱に襲われる中、呼吸ばかりが大きく乱れ、清深の精神をますます追い詰める。もつれる指で吸入器を口にくわえると、清深は為す術もなく、月をまだらに覆っている雲にすべての集中力を注ぎ込んだ。雲が月を隠してせめて暗くなることを願い、濃い闇に自分の姿が紛れてしまうことを切望した。

足音が近付き、襖の手前に人の立つ気配を感じた。今度こそ全身が完全に凍り付く。

窓の外で、雲が、鮮やかに月から遠退くのが分かった。

「………」

その時の光景を清深は一生忘れないだろうと思った。明るく照らし出された庭からの月の光を背に受け、廊下に顔をのぞかせた青白く表情のない兄が無言で自分を見下ろしている光景。幽霊のように。死人のように。瞬きすればたちまちかき消えてしまいそうな存在の希薄さで。浮かび上がった額の傷だけが恐ろしく生々しい。それなのに、これほど生きている気配のない人間を見たのは生まれて初めてだった。

「………」

襖の裏で立ちすくんでいた清深にわずかに目を見開いた宍道は、動かしかけた唇をゆっくりと閉じ、深い黒色の瞳で清深の顔を見つめた。薄く髭の生えたその口元がほんの少しだけほころんだように感じた瞬間、襖が静かに横へと滑り、廊下はいつの間にか濃い闇に包まれていた。

「大丈夫だったの?」

「ああ、なんでもなかった」

襖の向こうで姉の方へと戻っていく兄の足音を、清深はうつむいたまま聞いているしかなかった。

9

「ごめん。待った？」

急な石段を上って来ながら男はまだ顔だけしか見えていない時点で、早々に片手を上げた。先祖をさかのぼっていくとゆくゆくは齧歯類に辿り着きそうな。田舎にしては気のきいた髪型でぎりぎり維持されている程度の。深町正孝《ふかまちまさたか》。同級生であり、写真屋の男だった。

「…………」

同じ二十二歳だというのにすでにどこか中年のようないやらしい風貌を手に入れ始めている深町は、葉や小枝が無造作に溜まっている石段を登り終え、色のすっかり剝がれ落ちた申し訳程度の小さな鳥居をくぐった。途中で木の根にうっかり足を引っ掛けてしまい、真新しいスニーカーの爪先に泥の汚れが付着する。顔をしかめた深町は水盤をのぞき込んだが、ひからびた数枚の葉が石にこびり付いている他は一滴の水すらないことに気付いたらしく舌打ちをしながら、澄伽に向かって首を横に振ってみせた。爪先を石畳に擦り付けるようにして、こちらへと歩いて来る。

尻の下にハンカチを敷いて境内の木陰に一人座っていた澄伽の傍らに右手を乗せた深町は、身のこなしの軽さを見せつけるかのように体を浮かせ、自分もその隣へ腰掛けた。小高い山の頭部に位置し、急な石段を登ってこなければならないこの小さな社に人が来ることなど滅多にない。村人が交替で管理を任されていたが、朽ち果てかけた堂と水の抜かれた水盤、横手には木材がブルーシートで覆われ一斗缶などとともに乱雑になっている有り様は、村人達の信仰の薄さをありありとうかがわせていた。正月ならいざ知らず真夏の日暮れ。誰も来るはずがなかった。だからこそ、高校の時もこうして何度か二人はこの場所を使用していたのである。何より、深町がここをやたらと好んでいた。

「思い出話でもする?」

男は、幹はそれほど太くないというのに天にも届きそうな杉の大樹を見上げながら軽妙な口調で言った。澄伽はそれに応じず、不機嫌をあらわにした目つきで眼下に広がる村を睨んでいた。その態度をうっすら嬉しげに確認した深町は、黙って白い肩に腕を回す。

着ていた服が袖のないものだったため、深町の掌は直接澄伽の皮膚に貼り付いた。弾力もなく、柔らかいだけの男の手。深町は、まるで精肉業者が商品の品質でも調べるような手付きで、澄伽の肩の骨に指先を当てグッと幾度も中に押し込んだ。張りと硬さを愉しんだ後は徐々に指先を移動させ、今度は無防備な二の腕の肉を揉んで揺らす。肌の触感を掌全体で確かめている。男から染み出した汗と澄伽の肌に浮かんでいた汗が混じり、撫で回すその手の滑りをすこぶる悪くした。

「女優も大変だね」

深町は澄伽の長い髪をすくい、自分の鼻に押し付けて息を吸い込んだ。狡猾《こうかつ》さを顔ににじませた男の鼻筋は眉間の下辺りで微妙に盛り上がっている。気怠げな表情で村を俯瞰したままだった澄伽の目が少しだけ自分を見た気がしたが、深町はかまわず体を触り続け、やがてそのスカートの下にまで手を滑り込ませた。

ズボンのベルトをもどかしげに外そうとし、ふいに周囲が気になったらしい深町はせわしなく辺りを見回すと、澄伽を強引に賽銭箱の置いてある堂の正面へと引っ張った。尻の下に敷かれていたハンカチが杉の根元に落ち、地面にうがたれた小さな穴と蟬の幼虫の抜け殻を覆い隠す。

いつの間にか日は微妙な角度まで傾いていた。空は夜に占領されつつあり、昼の彩色を失いかけている。あと半時間もすれば、はっきり暗くなったと感じるだろう。蒸れるような外気も熱を下げ始めている。蟬だけが相変わらず叫ぶように鳴き続けていた。

深町は取り付けられた格子窓から祭壇のある中をのぞき込み、鍵のかけられた木の扉を思いきり揺さぶった。板か何かにひびの入る音がし、それを確認した深町は閂《かんぬき》の辺り目掛けて足を力任せに蹴り下ろした。合わさっていた左右の扉が奥へと開く。澄伽はその埃の積もった四、五畳ほどの汚い部屋に後ろから押され、バランスを崩した。ヒールを履いていた足がもつれてしまい、つんのめりながら前に倒れる。大量の埃が隅へと逃げ、格子から吹き込んできたらしい乾き切った砂の粒が、床と接した澄伽の腕にざらざらと触れた。よどんだ空気とすえたカビの臭いで、狭い堂内は息苦しかった。

一番奥に仏壇とよく似た、白木製の箱形の祭壇があった。すぐ横には和太鼓や座布団、束になった新聞紙などがどこか遠慮がちに壁に沿って置かれている。転んだ体勢から、低い天井の角を陣取る大きな蜘蛛の巣と一つだけぶら下がっている裸電球が澄伽の目に入った。深町はそれに気付かないのかあえて暗いままを望んでいるのか、電球を付けようともせず木の格子扉を閉め切ると、欲情した目つきで澄伽を振り返った。

倒れている澄伽の上に深町がのしかかり、

中断されていた行為が再開された。

石段を下る頃にはすっかり暗くなっていた。日傘を杖代わりにした澄伽は足元に一段一段注意を払いながら、ピンヒールを履いてきてしまったことを今更ながら後悔した。側に手を貸してくれる人間はいない。深町に送ると言われたが断ったのだ。あの男はそう言われることを最初から分かっていたように、いつものいやらしい目を細め、声も出さずに笑っていた。

ようやく十五段近い石段を降り切ると、澄伽は側にあった鉄の円柱につかまりヒールを片方ずつ脱いだ。足裏に付着した乾いた砂を手で払った後、なだらかなカーブを描くアスファルト敷きの坂を、足元から延びる影に追い越されながら、澄伽は下った。ヒールを鳴らし、気ぜわしげに髪を手で整える。いつもよりずっと指通りが悪く、中に砂や埃が入り込んでいるのが分かって澄伽は顔をしかめた。あんな場所を好む深町の嗜好を思い、更に気分が悪くなった。

だが、それも女優になるために仕方のないことだ。

そう言い聞かせ、澄伽は込み上げる不快感を何とか鎮めた。肌に残る男の記憶を頭から消し去ろうと努めた。仕方ない、と口の中で繰り返す。どれだけ言っても仕送りを続けることに同意しない兄の態度からして、父が死んで家計に余裕がなくなったという話は本当らしいのだ。これまでもかなり無理をしていたとすら言われた。

ハンドバッグの中から、境内で拾って来たハンカチを取り出す。肘についた落ちない汚れを強く擦り、澄伽は小さく歯嚙みした。仕送りがなければ、否が応でもバイトをしなければならない。今までも登録してイベントコンパニオンの仕事などを入れていたが、後々有名になった時のことを考えると、一刻も早く辞めるべきなのは明らかだった。レンズがどこまでも飛び出すカメラを持った気持ちの悪い男達が際どい角度を狙い、常に付きまとって来る。同じ現場で働いていたコンパニオンは下着からはみ出ていた陰毛まで激写され、投稿雑誌に送られていたことがショックでいつの間にかいなくなっていた。あの女は一般人だったからいい。だけどもし万が一、自分の身に同じことが起こった場合、女優生命を断たれかねない打撃になる。ホステスも風俗も後々のことを考えれば絶対にするべき仕事ではなかった。だからと言って時給八百円やそこらで週六回、八時間労働のバイトなど馬鹿馬鹿しすぎる。自分は女優になるべき人間なのだ。そんなことで時間を無駄にする必要はどこにもない。

深町とのことは。澄伽は道のカーブとともに前方から右へ移動し潰れていく影を目で捉えながら、考えた。

深町とのことは仕方ない。映画の撮影が始まる前にある程度、金を貯めておかなければならないし、どうせあの男とは高校の時にすでに関係してしまっている。東京へ行き、新たに別のことで金を稼ぐよりはいいはずだ。男の舌の感触を思い出し、澄伽は無意識に右耳をハンカチで拭った。視線を景色に移すと、日の落ちた山には何かが潜み木々の間からこちらをうかがっていそうな雰囲気が漂っていた。

……それに。

視線を影に戻しながら、澄伽はさっきの考えを続けた。

小森哲生はこう言ったのだ。『君は女優になるために不幸を与えられてきた』と。だとすれば、きっとこうして金と引き換えに体を提供した不幸も、女優としての経験値を上げることになる。当たり障りのない人生を送って来た奴らには決して出せないリアリティが演技に増すはずなのだ。演技。そう、**この経験は後々に自分の演技の幅を確実に広げ、女優としての深みや迫力、そして存在感を極めていくことに繋がる**——そう思った時、「必然性」という言葉が頭の中で勢いよく弾け、澄伽は自分のしていることは間違いなく正しいのだという絶対的な確証を得た気がした。

「いい」「悪い」ではない。

女優としての必然性があるかないかだけを自分は考えていればいいのだ。

脇の畑の真ん中にある民家はカーテンも閉めず一階の茶の間が隅々まで丸見えだった。こうこうと光る白熱灯の明りとナイターを中継する実況アナウンサーの声が網戸越しに洩れている。タンクトップと半ズボンという恰好で一点を見つめる、尻の方へ行くほど末広がりに肉がまとわり付いた男の背中と、奥の台所からボウル一杯に枝豆を持ってテーブルに着こうとしている痩せ気味の女の姿が見えた。女はサイズの合わない、どこか入院患者のような前合わせの寝巻きを着ていた。その色味のない寝巻きを背景に、枝豆のグリーンが鮮やかに目に焼き付く。

歩いて来た山道がそのまま白線の引かれた車道に繋がり、澄伽はそれを左に折れ、家を目指した。

やっと、上手くいく。

半分ほど欠けた月を追いながらそう思った。月から少し離れたところには大きく薄い雲が一つだけ広がっている。空のどこを見渡しても他に雲は一切ないというのに、その雲だけがやけに存在感を発して浮かんでいた。

「唯一無二」

笑いながら、澄伽は独り言を吐いた。

神経が昂っているのが分かる。

ようやく自分のことを見抜いてくれる人間に出会えた、という喜びだった。今までいくつもの芸能事務所を転々とし、「性格に問題がある」「ウチとは相性が悪い」「プライドが高過ぎる」などとろくな仕事を持って来ないことに腹を立てては口論し、クビになるというパターンを繰り返した。めぼしいところをすべて回り、仕方なく小さな事務所の預かりになるほど同じ結果が出るという悪循環からいつの間にか抜け出せなくなっていた。

上手くいかなかった原因は、はっきりしている。

足を止め、月も雲も動かないことを確認して、澄伽は再び歩き出した。

清深のせいで演技に集中できず実力を出せていなかったことと、巡り合わせ。それに哲生の言う「女優になるための不幸」。自分にしかできない演技を手に入れるために、あえて運命に回り道をさせられていたのだ。そう考えれば今までのこと何もかもに納得のいくような気がした。あらゆる辻褄が合ったような気がした。必然性。すべて女優になるための。成功するための布石。そうだったのだ、やはり。

知らず日傘を握る手に強い力がこもった。哲生にさえ会えば、今までの苦労は残らず報われる。そう思うと口元が自然にほころんだ。なんて馬鹿だったんだろう。バイトのことで悩む必要などなかったのだ。女優としての道はすでに確約されているのだから。澄伽は我慢できず声を出して笑った。

ようやく実力が出せる。唯一無二の存在になれる。和合澄伽の代わりは誰もいないと言われるような。和合澄伽じゃなければ駄目だと言われるような。認められ、求められ、誰もが必要とする存在に、やっと。

自分が何物でもない可能性など、あり得ない。

澄伽は生まれて初めて心から満たされていくような安堵感を覚え、涙が溢れそうになった。声を上げて走り出したい衝動をどうにか堪え、目をつむった澄伽はゆっくりと左胸に掌を押し当てた。驚くほど心臓が高鳴っている。

そのまま数十メートル歩いたところで、ふと両親がトラックにひかれたという見晴しのいい十字路に自分が差し掛かろうとしていることに気付いた。ビニールハウスと、接骨院の看板と、軽トラックと、民家を囲うブロック塀の、中心。信号機などない交差点。四方のどこからも、永遠に車が来そうな気配はない。

静かだった。何故か虫の声も今は聞こえなかった。弱々しい街灯に照らされた荒れ地に生えた草が、風にかすかに揺らいでいる。澄伽は心なしか黒い染みらしきものが残っているように見える道路の上にそっと立った。ヒールの下のアスファルトに意識を集中させた。

「…………」

――ここで、死んだ。

――存在しなくなった。

――二人は、

――ここで、

――一瞬にして。

両親の死をいたむ気持ちとは明らかに異なる、得体の知れない感覚がじわじわと爪先から這い上がって来るのを感じ、悲鳴を上げた澄伽は真っ青な顔で染みから足を外した。

爪先にあった感覚はいつの間にか消えている。

だが、指先の震えはいつまでも止まらなかった。

10

女の、すすり泣きが聞こえる。

開け放された襖の向こうからは日がな一日絶やされることのない線香の煙が白く漂い、屋敷全体を神妙な空気で包んでいた。かれこれ二時間ほど仏壇へ向かって熱心に手を合わせていた待子は、夕刻を指す壁掛け時計の針に気付き、ようやく憔悴し切った顔を上げ、座布団から立ち上がった。払った黒いワンピースの裾が小さく衣擦れする。足がしびれ、よろめいた待子は絨毯から離そうとしていた右手でとっさに体重を支え直した。手の甲まで滑り落ちた数珠がジャラ、と軽い音を立てる。

宍道が病院に搬送される救急車の中で心臓を停止させた日から、はや二週間が過ぎようとしていた。あたふたと間に合わせのように慌ただしい葬儀を終え、新婚早々の身で未亡人になってしまった待子は何もする気力が湧かず、毎日こうして喪服で仏壇の前に座り、一人悔やみ続けているのだった。

ストレスと過労による高血圧性疾患――そう、医者は診断した。もともと母親の加津子から病弱さと繊細さを受け継いでいたことなど知らなかったとは言え、死に至るまでの夫の疲弊《ひへい》を気付けなかったのは妻である自分の責任が大きい。そう待子は自分を責め続けていた。

今にして思えば確かに死ぬまでの数週間、宍道はがむしゃらなまでに仕事に打ち込んでいた。特に死の直前の四、五日は少しの休憩も取らず、まるで何かから逃れるように鬼気迫る表情で炭焼きの作業に没頭していた。夏の焼き窯《がま》周辺は四十度を軽く越える。一度待子が、汗だくで斧を振り下ろし炭材を割る背中に向かって「仕送りを準備するためか」と聞いたが、宍道からは「違う」という短い答えが返って来ただけだった。ならば、なんのためにそこまで一心不乱に働く必要が。問いただしても夫は自分の腕を力任せに振り払うばかりで、何も話そうとはしなかった。

固く口を閉ざし血の気の失せた顔で作業を続けていた夫の生前の痛々しい姿を思い出し、待子は思わず喉を詰まらせた。ようやく落ち着けたばかりの気持ちがあっという間に乱れる。上げかけていた腰から力が抜け、座布団の上に再びへたり込んだ待子は、体を小さく丸め、口元に押し当てたハンカチの隙間から低い嗚咽《おえつ》をもらし始めた。

バチが当たったのだ。

宍道が死んだ理由を、待子ははっきりとそう認識していた。自分が諦めずに期待などしてしまったから。たった一度だけとは言え、分不相応に夫を求めてしまったから。悔やんでも悔やみ切れない過ちに、待子は唇を強くかんだ。諦めないことが罪深いとあれほど分かっていたというのに。他のことなら今まですべて諦めてこられたというのに。何故か澄伽を見ている内、一度だけであれば自分も何かを望んでみてもいいのではないかと錯覚してしまったのだ。

だが、それはやはり大きな間違いだった。

脳髄まで達しそうな深い縦皺を眉間に刻み、待子は仏壇に飾られていた位牌へ手を伸ばした。台座に触れた指先を一瞬だけ離した後、ゆっくりと持ち上げる。戒名の記されたその木牌の手応えが宍道の身代わりを表すものとして重いのか軽いのかは、よく分からなかった。そのまま位牌をおそるおそる胸の中に抱え込んだ待子は、もう幾度も自分へ言い聞かせた台詞をまたしても心の中で繰り返した。夫が死んだのは自分のせいだ。自分が諦めなかったから——それは残された者にしばしば見受けられがちな極端な自己責任の感情だったが、澄伽を裏切り、待子と関係してしまった宍道が更なる苦渋の境地に追い詰められていったことは皮肉にも事実だった。うずくまった待子は胸に当たった木牌の台座の角を更に深く食い込ませ、己に痛みを与え続けた。

「……手紙、来なかった?」

ふいに声を掛けられ、我に返った待子はうなだれていた頭を重々しく起こした。脳へ溜まっていた血液の急な移動で、浮遊感とめまいを覚える。襖に片手をかけた澄伽は、視界を圧迫するほど腫れ上がった待子のまぶたをどこか冷ややかな眼差しで廊下から見下ろしていた。いつのまにか窓の網戸からは西日が強く差し込み始め、畳の上に敷かれた絨毯をくっきりと台形に切り取っている。待子は自分のうなじににじむ汗を感じながら、言い難そうに口を開いた。

「いえ、まだ……」

「そう……」

顔を少しやつれさせ、それでもなお美しい澄伽は目の奥の落胆を隠すように軽い仕草で頷いた。「忙しいのね、いろいろ」

今日もまた鮮やかな花柄のワンピース。喪に服し続ける待子とは正反対に、澄伽は死者の冥福など決して許さないとでも主張するかのごとく、宍道の死後、頑なに黒色を拒否し続けていた。胸元からのぞく白い肌にうっすら青く透ける脈すらも死者を冒瀆《ぼうとく》しているように艶めかしい。どこへも出掛ける予定などないというのに完璧な化粧が施されているのは毎日のことだったが、最近は特に念入りであるらしかった。もともと強い目が黒いラインで更に強調され、唇が鮮やかに潤い、まぶたにはうすくゴールドが乗せられている。

じっと自分の手元を凝視している澄伽の視線に気付き、待子は慌てて握り締めていた木牌を仏壇の香炉の脇へと戻した。前卓《まえじょく》に置いた木牌がコト、と控えめな音を立てる。天井へ立ち上っていた線香の白い煙がほんの少しだけゆがみ、またすぐに軌道を戻した。

「…………」

何が彼女の気をひいたのか。これまで一度も仏間に入ったことなどなかった澄伽の足がゆっくりと前へ出され、待子との距離を縮めた。小指の先まで丁寧に手入れされた爪が畳を数歩踏み締めた後、毛足の短い絨毯に乗る。窓際の隅に置かれた、居間から持って来た動かない扇風機の傍らまで来ると、腕を組んだ澄伽は後ろの柱へ身を預けるようにして立ち、仏壇に面した待子の背中を黙って眺めた。そのまま動く気配はない。

そのことが何を意味するのか分からず、待子は答えを求めて義理の両親と並んで先祖とともに壁掛けされた額の中の宍道を見上げた。写真は清深が出してくれたアルバムの中から待子が選んだものだ。まだ結婚する以前の宍道。気付かぬうちに撮られたらしく、他の写真はカメラを意識してほとんどが仏頂面であるのに、それだけが唯一自然な空気をかもし出していた。見合いのプロフィールにあった表情とは比べものにならぬほど柔らかく、待子には一度も見せたことのない安らかな表情だった。

「文通……まだ続けてるんですか？」

澄伽の手の中に握られた赤い封筒が目の端に入り、待子は訊ねた。

「悪い？」

「いえ……」

触れてはいけない話題だったらしく、澄伽のいつにない攻撃的な態度にひるんだ待子は慌てて首を振ってみせた。

「………」

澄伽の視線は常に背中に注がれ続けていた。何故かうかつに立ち上がることさえできない空気の中、仕方なく待子は自分も黙って仏壇を見つめた。灯したろうそくの炎が左右でゆらゆらと揺れ、高坏に積まれた梨と桃の熟した匂いが線香とあいまって濃密な香りを発している。小さな金色の器には白飯が盛られ、花立てには今朝畑で手折ったばかりの小ぶりの花が生けてあった。

「………」

待子はそっと短い棒を取ると、前卓に飾られた鈴《りん》を叩いた。手元から澄んだ高い音が冴え渡る。背後を意識しつつ数珠を親指の付け根に引っ掛け仏壇を拝むうち、やがて鈴の余韻も完全に消え去り、再びどこか張りつめた静けさが二人の間に戻って来た。無言の重圧にいよいよ耐え難い気分を覚えた待子だったが、どうやら打開策を考えるには至らずに済みそうなことを知り、密かにほっと胸を撫で下ろした。廊下を軋ませ近付いて来る小さな足音。それを待子の耳は捉えていたのだ。

「二人とも……ちょっといい？」

開いた襖から遠慮がちに顔を覗かせた清深はそう断って、ゆっくりと仏間へ入って来た。

「どうしたの？　きよちゃん。その荷物」

相変わらず高校三年生とは思えぬ小柄な体で、中身の詰まった大きなスポーツバッグを肩から斜め掛けして現れた、ジーンズにTシャツ姿の清深を見て、待子は素直に疑問をぶつけた。キャップを目深に被り、まるで少年のような清深は、待子と澄伽それぞれに視線を走らせると、かさついた唇を舌先で軽く湿らせてから、息を深く吐き出した。その顔には隠し切れない若干の緊張が浮かんでいる。体に力が入っているせいか普段より一層丸まった猫背の少女に、どことなく強い意志らしきものを待子が感じ取った矢先、清深の口から「私、東京に行って来るよ」という言葉が発せられた。

「……何しに行くの？」

少女の歯の間からこぼれるやや大ぶりな前歯を視界に入れながら、待子は厚ぼったいまぶたに覆われた目をしばたかせた。それに対し、清深は口を使わず、バッグから取り出した雑誌を待子に手渡すという行動で応じる。

「何これ。随分怖そうな漫画ねえ」

眉をひそめ、漫画雑誌の中身をパラパラとめくっていく待子の背後で、澄伽がその顔をかすかに陰らせた。口を開きかけたが、先に声を出したのは清深の方だった。「……今度の賞のことと、その後の連載のことで話があるって編集部の人に呼ばれたから」

「あんた……」

「担当の人と話したらそのまま東京で暮らそうと思ってる。お金のことは……」

　そこで続きをひかえ、清深は待子の手の中の雑誌に一瞥《いちべつ》をくれた。開き癖の付いていた「漫画大募集！」と書かれたページを広げていた待子は、その下に並ぶ「賞金百万」という景気の良い数字を見て、清深の言わんとすることを漠然と察した。

　組んでいた腕を外し、柱から身を離した姉を目の端で捉えた清深は、更に先手を打つかのごとく続けた。

「だから、もうここには帰って来ない」

　畳に伏せ気味だった顔をようやく上げ、清深は二人に向かってはっきりと言い切った。

「私、東京で漫画家になるよ」

「……待ちなさいよ」即座に反応できない待子の後ろで、射ぬくような鋭い視線を妹へと注いでいた澄伽が、ほとんど脅しに近い声で尋ねた。「あんた……今度の賞って、なんの漫画描いたの？」

　姉を横目で見やり、小さく息を吸った清深は意識的に肩の力を抜き、自らを落ち着かせた。その行為によって今が改めて張りつめた場面であることが伝わり、緊張の伝染した待子は思わず身を固くした。清深は吸った息をゆっくりと吐き出しながら、可能な限り感情のない口調で答えた。「お姉ちゃんの漫画だよ。お姉ちゃんが、女優を諦める漫画」

　ある程度予測していたとは言え、わざわざその言葉を選択した清深に、澄伽は怒りが噴出したようだった。顔色が見る間に赤く染まったかと思うと、目を剝《む》き出し整った眉を吊り上げ激昂した。「あんた、いい加減にしなさいよ！」

肩を突き飛ばされた清深が後ろの襖に体ごとぶつかり、衝撃で被っていた帽子が足元に落ちる。頭一つ分以上に身長差のある澄伽にそのまま詰め寄られた清深は、待子からほとんど見えない状態になりながらも姉の暴力に屈する気はないらしかった。

「……だって、もう東京に出て四年だよ？」

ずり下がったバッグの紐を肩に掛け直し、清深は教え諭すような上目遣いで姉を見た。

「……誰のせいで」

声を震わせた澄伽はそこで言葉を一旦切り、喉を鳴らして唾を呑み込んだ。口元がわずかに引きつっている。

「誰のせいで、実力出せてないと思ってるの……？　全部あんたが悪いんじゃない。あたしだって実力さえ出せてれば……。あんたのせいでしょ。あんたが変な漫画描いてあたしの邪魔したせいで上手くいかなかったんじゃないのよ！」

「……違うよ」

両肩をものすごい力で押され襖に再び後頭部を打ち付けつつ、清深はゆるやかに首を振ってみせた。

「実力が出せないんじゃなくて、お姉ちゃんに出す実力がもともとないだけなんだよ」

「きよちゃん……！」

反射的に声を潜めて注意をしてしまった待子だったが、そのことがますます清深の発言に説得力を持たせた。

澄伽はショックを隠せないのか、困惑とも憤怒ともつかない表情で喉の隙間からもれた空気のような声を出した。「……あんた、あれだけのことしておいてよくそんな……」

「漫画を描いたことで確かにお姉ちゃんを傷付けはしたけど」

慣れない人との会話を慎重に扱うかのごとく、清深は話し出した。

「……でも、お姉ちゃんに演技の素質なんて、最初からなかったよ。お姉ちゃんの演技はね、見ててすごく……痛々しかった。見てるこっちが恥ずかしくなるくらい、なんていうか、どうにもならない感じだったよ」

「演技のこと何にも知らないくせに適当なこと言ってんじゃないわよ！」

「分かるよ、それくらい」

いつかの父親と同じようにそう返し、清深は悲しげに眉を下げた。「だって、演技がどうこう以前の問題だったからね」

待子は姉妹間の問題に自分がどう関与すればいいかを未だ決断できず、事態の成り行きをただ見守るしかなかった。

「……訂正しなさいよ」

あまりに低くどすの利いた声に待子が驚いて顔を上げると、喉元を噛《か》みちぎらんばかりの勢いで妹に凄《すご》んでみせる澄伽の姿があった。「あんた。今の言葉、訂正しなさい……!」

その迫力に清深は一瞬、いつもの挙動不審さに立ち戻りかけたが、あと一歩のところでなんとか踏み留まり、冷静な態度で姉に応じ続けた。

「じゃあ、どうして高校の時の文化祭で、みんなが真剣に芝居してるお姉ちゃんのこと観て笑ってたの?」

五年近く昔の事実を突き付けられ、澄伽は意表を突かれたようだった。しかし、すぐに隙を取りつくろうと外した視線を清深へと戻し、反論した。

「決まってるでしょ。あれは、あたしの才能を妬んだやつらが必死で馬鹿にしてる振りして……!」

「違う」

まくし立てる姉の声を清深は強い調子でさえぎった。「あれは本当に、演技ができてないお姉ちゃんのことを、みんなで馬鹿にしてたんだよ」

澄伽の表情が大きくゆがんだ。口元の痙攣がこめかみにまで伝染し、もはや泣いているのか怒っているのかすら分からないほどの複雑さを顔上に形成していた。少しの時間を掛けてどうにか感情を統一させたらしい澄伽は、両手を強く握り締め、屈辱に身を震わせながら呻《うめ》いた。

「あんた、人のことおもしろがるのもいい加減にしなさいよ！」

「……私だって」

頭から降り掛かる唾を浴び、吸入器をつかんだ清深も姉につられて、か細い声を上げ言い返した。

「私だって限界まで我慢したよ……！　おもしろがっちゃ駄目だってずっとずっと自分に言い聞かせてたよ！　お父さんとお母さんのことも……漫画に使えそうだとか思っちゃ駄目だって必死で……！　でも……じゃあどうしてお姉ちゃん、帰って来ちゃったの？　駄目だよ、帰って来ちゃ！　そんなおもしろいのに私の前に戻って来ちゃ駄目じゃない……！　わざわざ目の前で見せつけておいて我慢しろだなんて生殺しだよ！　お姉ちゃんは、自分のおもしろさを全然分かってない！」

清深はもどかしい気持ちが抑えられないのか身をよじり、喉をからしながら訴えた。

「お姉ちゃんを本当に必要としてたのは私の方だったよ……。お兄ちゃんは、お姉ちゃんの良さなんて少しも理解してなかった」

突然宍道のことを持ち出された澄伽は一瞬驚いた様子で、顔を強張らせた。それは座布団に座ったままの待子も同様で、女二人の視線を一身に浴びた清深は呼吸を落ち着かせつつ、ずり下がった眼鏡を指で押し上げて続けた。「……多分、お兄ちゃんは、待子さんのことが好きだったんだと思う」

待子が、その言葉にぴくりと体を反応させた。手首の数珠が小さく跳ねて音を立てる。予想だにしなかった告白に待子はほうけたような表情を清深に向けるだけで精一杯だった。一方、思い当たることでもあるのか、唇を固く結んだ澄伽は先程までの力強さを見る間に失い、絨毯の複雑な模様にくすんだ色の視線を落としていた。

「でもお兄ちゃんは、お姉ちゃんのために自分の幸せを犠牲にしたんだよ。だって誰かがああやってお姉ちゃんのこと肯定してあげてなかったら、お姉ちゃん……」

硬直させた表情を崩さない姉に向かって、清深は出来うる限り優しい声音で告げた。

「きっとお兄ちゃんにとってお姉ちゃんは必要な存在どころか」

澄伽が小さく息を呑む。

「邪魔者、だったんだよ」

「あたしが……邪魔？」

澄伽は唇を震わせ、ほとんど独り言に近い声で呟いた。「あたしが、邪魔な存在……？」

「お姉ちゃんがいなければ、お兄ちゃんは幸せだった」

「嘘よ……。止めて……変なこと言わないで」

耳をふさぎ、澄伽は弱々しく首を横に振った。あれほど興奮していた顔からは血の気が完全に引いている。よろめくようにして後ろへ下がり、座っていた待子にぶつかったが、そのことすらも理解できていない様子で、震える指先を抑え必死で何事かを小声で呟き続けていた。そのうち、自分の右手の中にずっと握り潰されていた赤い封筒があることを知った澄伽は、固い動きで指を開くと、それを無言で見下ろした。手紙は無数の皺を刻み、見るも無惨な有り様に変形してしまっている。

「………」

待子が心配になるほど手紙を食い入るように凝視していた澄伽の片頬の肉がふいに上がり、ついで唇の隙間から小さな笑い声がもれた。

「澄伽さん……？」

おかしくて堪らないといった具合で、澄伽は口元に手を当て苦しげに体を丸めた。むせて数回咳き込みながら、それでもまだ愉快で仕方ないらしく両手で腹を抱え込んで身をよじっている。しばらくそうして押し殺した笑い声とともに肩を揺すっていた後、目にうっすらと涙をにじませた澄伽は余裕すら感じさせる表情で顔を上げ、大きく息を吐いた。何がどう解消されたのかは分からなかったが、待子の見る限り、手紙から想像される何かが壊れかけていた澄伽の精神を回復させたらしいことは間違いなかった。

「……ごめんね、お姉ちゃん」

清深の謝罪を聞き、澄伽は再び吹き出した。鼻で息を飛ばし勝ち誇ったような、嘲笑うかのような笑みを妹へ向けかける。

「ごめんね、お姉ちゃん」

眼鏡の奥から姉をじっと見据えたまま、清深はもう一度、謝った。

「…………」

黒目に少女の姿を映し込んでいた澄伽の顔に浮かんでいた笑みが、消えた。

「……え？　何、どうしたの？」

突然スカートの裾をひるがえし妹に背を向け、仏壇を見下ろすように佇んだ澄伽を見て、まったく事態が呑み込めない待子は二人の間で首をせわしなく動かした。

「……お姉ちゃん」

清深は肩甲骨のラインが浮き出た姉の白い背中に近付きながら、スポーツバッグの中へ手を入れ、分厚い紙の束をつかんだ。

「ごめんね……。夏休み、私そのためにずっと郵便局でバイ……」

紙束を取り出しながら言いかけたその時、
清深の脇腹に、
鈍い衝撃が走った。

固いものを押し当てられる感触がし、
更に内部へと奥深く押し込んでくる力が加えられた。

目の前には、

今まで仏壇を向いていたはずの、
姉の醜くゆがんだ顔があった。
姉の熱い息が耳元にかかり、
姉の髪の毛先が顎に触れた。
足元には倒れた高坏から転がる、
桃と梨が見えた。

清深の手の間から、何十もの赤い封筒がこぼれ落ちた。


「…………きゃあああああ！」

待子の驚愕に満ちた悲鳴が辺りをつんざき、無音の世界へ飛んでいた清深の思考を瞬く間に現実へと引き戻した。停止していた分の遅れを取り戻すかのように、慌ただしく時間の流れが再開する。

「澄伽さん！　そ、それ……！　何やってるんですか！」

待子は口端に白い唾液を溜めながら、自分が倒れんばかりの取り乱しぶりで、清深に密着している澄伽の手元に震える指先を向けた。そこからのぞく黒い柄らしきものと台座から落ちた高坏を交互に見比べている。床の上には果物に混じって大量の赤い封筒が散乱し、絨毯の模様を埋め尽くしていた。いつの間にか差し込む西日が作っていた台形は大きく縦長に伸び、歪んでいる。網戸に、勢いよく飛んで来た蟬《せみ》のぶつかる気配があった。

動きを止めていた澄伽はゆっくりと、清深の腹に深く押し込んでいたものを自分の方へと引き、体を離した。その目は大きく開かれ、瞬きもせず妹の顔を見つめている。

「あんた……」

言葉を失う姉に向かって、清深は顔を崩し、心の底から嬉しそうに笑った。

「ほらね。やっぱりお姉ちゃんは四年経ってもお姉ちゃんだ。最高におもしろいよ」

澄伽の手からアルミホイルのような安っぽい光沢を放つナイフが落ち、尊厳の欠片もない音を立てながら畳の上を情けなく回った。

「これ……」

どう見ても玩具にしか見えないちゃちな小型ナイフに気付いた待子は、驚いたように呟いた。

「………」

澄伽は完全に殺気を削がれた様子で、力なくその場へ崩れ落ちた。床にスカートの花柄が鮮やかに広がる。網戸にまた、ぶつかり跳ね返る蟬の気配があった。唇をかみ、妹をいまいましげに睨んだ澄伽は床に突っ伏すと、ボタボタとこぼれ落ちる液体で絨毯にいくつもの染みを作った。

「あんた……最ッ低よ……！」

「うん。ごめんね。私も結局、変われなかったみたい……」

清深は泣き崩れている澄伽の傍らに近寄り、苦しげに揺れる背中にそっと手を置いた。首から下げた吸入器が折った膝にぶつかり左右に振れている。「でも、どうしても私がお姉ちゃんに現実を教えてあげたかったから……」

手をゆっくりと離し、屈ませていた体を起こした清深は、茫然と部屋の片隅に立ちすくんでいる義姉に顔を向けた。

「待子さん」

いきなり名を呼ばれた待子は何も言えず、口を半開きにしたまま少女の顔を見返した。

「ありがとう」

礼を述べられ訳も分からず頷く待子に、清深はかすかに笑顔を作ってみせた。「お姉ちゃんのこと、よろしくね」

スポーツバッグの紐を肩に掛け直して襖の方へと歩き出す少女の背中を、待子は無言で見送った。突きあたりを曲がり、どこか力強ささえ感じさせる小さな姿が視界から消える。やがて玄関扉のガラガラと開閉する音が聞こえ、仏間には二人の女だけが残された。

「……によ。なん……なのよ、これは……！」

澄伽は涙でぐしゃぐしゃになった顔を上げ、口走った。何が起こったのかさえよく分からない。ただ胸の内には言いようもない敗北感が広がり、目の前にはそこら中に転がる果物より、はるかに多い数の赤い手紙が散乱していることだけは確かだった。澄伽は長い爪を絨毯の毛に深く食い込ませながら、すぐ側にあった一通の封筒を悔しさで思うまま動かすことさえ困難な右手で拾い上げた。表面には男の名前と、世田谷区の住所が記されている。自分が毎日書いたものだった。自分が日記の代わりに毎日毎日書きつづっていた手紙だった。

澄伽の口から知らず歯ぎしりがもれ出し、庭で鳴く蟬の声を上回った。封筒は手の中で音を立ててひしゃげている。絨毯に食い込ませていた爪が欠けて壁際まで飛び、指先からは血がにじみ出した。それでも更に力を込め、澄伽は絨毯を掻きむしった。いつの間にか手が散乱していた手紙をすべて集め、ビリビリと破り始めている。

必然性。女優としての。すべて女優になるための不幸だと言ってくれた哲生。清深だった。最初から。何もかも。妹が。あの子が。あたしを試していた。だったら。あたしの女優としての道は。女優としての確約は。今までの不幸の意味は——。

澄伽は獣のような呻きとも悲鳴ともつかぬ声を発し、持っていた手紙を勢いよく引き裂いて捨てると、額を床に思いきり叩き付けた。痛みを感じたが、止まらなかった。何度も何度も叩き付けた。細かく破られた紙片が髪に巻き込まれ、涙で濡れた顔にへばり付く。だが、四年前のように「大丈夫だ」とすがりつく自分の肩を抱いてくれる宍道はもういない——澄伽は側に転がっていた梨をわしづかむと、仏壇に向かって思いきり投げ付けた。位牌の落ちる衝撃が床を伝わって腹に響く。その衝撃を叩き返すように、澄伽は固く握り締めた拳を唸《うな》り声と共に絨毯に振り下ろし続けた。兄は死んだ。存在しなくなった。自分を必要としてくれる人間はもういない。いや。それすらも。嘘だった。**自分が無理やり言わせていただけだった。兄はずっと待子さんのことが。あたしは邪魔だった。あたしはいらないと思われていた——**。

澄伽はひときわ凄まじい咆哮を発し、体を限界まで丸めた。その鼻からは一筋の血が垂れ出し、唇も歯でかみ切った箇所が赤く染まっていた。顔を伏せたままの澄伽は床に手を伸ばすと、呼吸を荒らげながら落ちていた封筒をどこまでもどこまでも細かく千切り始めた。

唯一無二の存在。あたしじゃなければ駄目だと。あたし以外は意味がないと。あたしだけが必要だと。誰か。あたしのことを。あたしを。特別だと認めて。他と違うと。価値を見出して。あたしの。あたしだけの。あたしという存在の。あたしという人間の。意味を。価値を。理由を。必要性を。存在意義を。今すぐ。今すぐに。だって死ねば終わる。終わ

る。消滅する。どこにもいなくなる。消滅する。死ねば終わる。

終わる。終わる。終わる。終わる。終わる。終わる。終わる。終わる。終わる。終わる。
終わる。終わる。終わる。終わる。終わる。終わる。終わる。終わる。終わる。終わる。
終わる。終わる。終わる。終わる。終わる。終わる。終わる。終わる。終わる。終わる。
終わる。終わる。終わる。終わる。終わる。終わる。終わる。終わる。終わる。終わる。
終わる。終わる。終わる。終わる。終わる。終わる。終わる。終わる。終わる——
終わる。
終わってしまう。
誰か。
あたしに、
あたしに今まで誰一人持てなかったほどの、
あたしが消えても記憶され続けるほどの、
あたしに、
あたしに、
あたしに——。

「澄伽さん、大丈夫ですか？」
その声で澄伽はハッと我に返った。上げた視線の先には、いつの間にか傍らで正座していた待子が間の抜けた表情で自分を心配げに見つめている姿があった。半開きの口。腫れぼったいまぶた。赤く擦り切れた鼻下。ハの字になった眉。ずんぐりした体型。宍道目が自分より好きになったという女。自分より必要とされていた女。

「これ、もっと小さくした方がいいなら手伝いましょうか……？」

おずおずと申し出ると、待子は落ちていた手紙の一部を拾い上げ、「やだ、意外にむずかしい」と呟きながら、ウインナーのように不器用な指でたどたどしく封筒を破き始めた。紙が小さくなるにつれ、両目が中央に寄っていく。両方の小指が引きつりそうなほどピンとまっすぐに伸ばされている理由は不明だった。

「……ねえ、待子さんって、なんで生きてるの」

無意識のうちに、澄伽の口がそう動いていた。

「理由ですか？　私が生きてる？」

手を止めた待子は鼻息を荒くしながら眉を寄せ、しばらく宙の一点を睨んだ後、「……あ、ない！」とショックを受けた。それから鼻水が垂れそうになったらしく、澄伽をぼんやり見つめたままズッと顔全体ですすり上げた。

何も言えず放心する澄伽にまったく気付かぬ様子で、「そうだ」と待子は唐突に手を合わせると、しびれた足を引きずって小走りで廊下へと出ていった。

やがて同じように小走りで仏間へと戻ってきた後、散乱した紙屑を手で払い絨毯をのぞかせたスペースに座布団を敷いた待子は、その上に一つの木箱を置いた。

「これ、いらないから捨てておけって澄伽さんには言われたんですけど。祟《たた》りがありそうなんで、なんとなく取っていたんです」

言いながら待子は箱のふたを開け、中から布製の人形を取り出した。毛髪に見立てられた藁《わら》が頭部に埋め込まれ、妙にリアルな性器と目玉のついた三十センチほどもあるまがまがしい邪気を発する人形。その人形の横に、待子は納屋の工具箱から取って来たらしい金槌と釘を並べた。

「どうする気……？」

「きっとすっきりすると思いますよ」

意味が理解できないという表情をする澄伽の手に、待子は笑顔で金槌を握らせた。「だって澄伽さん、このお土産見た時『呪いなんて生きててもなんの価値もない、くず同然の人間がすることだ』って言ってたじゃないですか」

待子の言わんとすることを察し、澄伽は思わず喉の奥からくぐもった声をもらした。

力強く、

一心不乱に柱に釘を打ち付ける金槌の音が、屋敷中に鳴り響いている。

待子の声援を受け、髪を振り乱し涙で頬を濡らす澄伽は、なりふり構わず金槌を振り上げ、何もかもを破壊し尽くす勢いで人形の心臓に釘を打ち込み続けていた。

息も詰まるほどの異様な熱気の中、
全身から流れる汗を撒き散らし、澄伽は、自分以外のすべてを呪った。

体力と精神力を極限まで使い切り、自分以外のすべての消滅を、心から願った。

澄伽の傍らで壊れた扇風機がいつの間にか回り出しているのを発見し、駆け寄った待子はコンセントにすら差さっていない扇風機のコードを持ち上げ、笑いながら泣いていた。

金槌の音に声は掻き消されていたが、その唇は間違いなく「奇跡だ」と動いていた。

風を受け、床に散らばっていた赤い紙片が一斉に舞い上がり始める。

澄伽が人類の滅亡を念じて唸り出した声に合わせ、壊れた扇風機が、ますますその勢いを強めた。

初出　「群像」二〇〇四年十二月号

本谷有希子（もとやゆきこ）
一九七九年石川県生まれ。小説家、劇作家。高校卒業後上京、二〇〇〇年に「劇団、本谷有希子」を旗揚げ、作・演出・主宰。第七回公演「石川県伍参市」の上演台本は第四八回岸田國士戯曲賞候補に。本書「腑抜けども、悲しみの愛を見せろ」は劇団の第一回公演の演目を大幅に改稿した小説。第一八回三島由紀夫賞候補。本年四月より、深夜ラジオ番組『オールナイトニッポン』金曜日のパーソナリティ。著書に『本谷有希子文学全集　江利子と絶対』（小社刊）。劇団HP　http://www.motoyayukiko.com/

腑抜けども、悲しみの愛を見せろ
二〇〇五年 六 月三〇日 第一刷発行

著 者 本《もと》谷《や》有《ゆ》希《き》子《こ》

発行者 野間佐和子
発行所 株式会社 講談社
〒112-8001 東京都文京区音羽2-12-21
出版部 03-5395-3504
販売部 03-5395-3622
業務部 03-5395-3615

印刷所 凸版印刷株式会社
製本所 黒柳製本株式会社
Printed in japan

カバーイラスト 山本直樹
ブックデザイン 祖父江慎+コズフィッシュ

ISBN4-06-212998-1 N.D.C913 183p 20cm